O cheirinho do amor

Reinaldo Moraes

O cheirinho do amor
Crônicas safadas

ALFAGUARA

Copyright © 2014 by Reinaldo Moraes

Todos os direitos desta edição reservados à
Editora Objetiva Ltda.
Rua Cosme Velho, 103
Rio de Janeiro — RJ — Cep: 22241-090
Tel.: (21) 2199-7824 — Fax: (21) 2199-7825
www.objetiva.com.br

Capa
Pedro Matallo

Editoração eletrônica
Abreu's System Ltda.

CIP-BRASIL. CATALOGAÇÃO-NA-FONTE
SINDICATO NACIONAL DOS EDITORES DE LIVROS, RJ
M818c
    Moraes, Reinaldo
        O cheirinho do amor : crônicas safadas / Reinaldo Moraes. - 1. ed. - Rio de Janeiro : Objetiva, 2014.
        268p.

        ISBN 978-85-7962-338-7

        1. Crônica brasileira. I. Título.

14-14778   CDD: 869.98
                                                                   CDU: 821.134.3(81)-3

Sumário

Olá	9
Retiro Criativo do Carvalho	11
Catherine, Serge et moi	21
Folias clericais	31
Histórias do Pancadão	39
Onan, quem diria, foi parar no dr. Irajá	51
O pênis, esse glorioso factótum	57
O tortuoso caminho do Terceiro Excluído até a Inclusão	63
As tartarugas tântricas	69
De quatro na Bundolândia	77
Sorria: seu pênis está sendo filmado	85
Uma velha história inglesa	93
A eterna mulher de todos	99
Memórias da sauna gray	105
Bem-vindos à Era Hen	113
A fabulosa origem do mundo	121

A escola do sexo	127
Mamas minhas!	135
O buraco é mais em cima	141
O Belo Antônio e as virgens perpétuas	147
A queda que as mulheres têm pelos beijoqueiros	153
Broxare humanum est	159
Ménage atroz	165
É ferro na boneca!	171
Aventuras da porra louca	179
O cheirinho do amor	185
O que é que a brasuca tem?	191
À procura da bundinha perdida	199
Dia do sexo em Berlim	205
Sexo em órbita	213
A tecnologia do sexo	219
O desejo em dois tempos	225
O amor é estranho	231
A superior inteligência poligâmica	237
Malabaristas do sexo	243
Voar e gozar é questão de decolar	249
Fuque-fuque tour	255
Agradecimentos	267

O cheirinho do amor

Olá

Caro leitor, estas crônicas foram escritas para a minha coluna na revista Status, de março de 2011 a maio de 2014. Apenas uma delas, "O desejo em dois tempos", não chegou a ser publicada. (Talvez, ao ler essa crônica, você faça uma ideia das razões que o meu lúcido editor alegou pra descartá-la.)

Quem se der ao trabalho de comparar os textos publicados na revista com estes do livro, vai notar algumas diferenças, no geral pequenas e pontuais. Acontece que sou um reescritor compulsivo, e não há tarja preta que dê jeito nisso.

A Status, vale lembrar, é uma revista adulta voltada para o público masculino, razão pela qual eu estou sempre dialogando ali com um hipotético leitor homem, fato esse, no entanto, que não deveria desencorajar as mulheres a ler isso aqui. Ou, pelo menos, tentar.

R.M.

Retiro Criativo do Carvalho

No final dos anos 80 do século XX do segundo milênio, um grande amigo, desses de uso diário, cansado de me ouvir reclamar de uma conjuntural falta de grana e de oportunidades de ganhá-la com relativa honestidade e regularidade dentro do meu métier, a escrita, num Brasil que emendava uma crise econômica atrás da outra, me disse: "Vou te levar pra conhecer o secretário."

Eu tinha tido uma ideia oportunista feito o diabo para apresentar ao secretário, cândida picaretagem, que poderia me tirar do sufoco financeiro, ou assim sonhava o pessimista atávico que, em mim, tenta se passar por canhestro otimista. Era mais uma de minhas brilhantes ideias de merda, uma autêntica B.I.M., ou simplesmente bim, como eu as chamo no meu jargão idiossincrático. Imagino que todo mundo seja acometido de uma bim, vez por outra, mais uns que outros, é verdade. Normal. No meu métier, assim como no desse meu amigo, e até mesmo no do secretário, neguinho costuma ter uma bim atrás da outra. Se tem sorte e juízo, joga logo fora a bim, de modo a não perder tempo com ela. Mas sei de quem, por exemplo, tenha escrito duzentas, trezentas páginas de um romance fuleiro até se dar conta de que aquilo tinha sido mais uma de suas brilhantes ideias de merda.

O tal secretário era o Fernando Morais, já na época renomado jornalista e autor de pelo menos dois livros que eu tinha lido com grande admiração: *A ilha*, escrito nos ainda ditatoriais anos 70 do século passado sobre a tão mitificada quão demonizada Cuba socialista, e *Olga*, que conta a vida da militante comunista Olga Benário, de origem alemã, mulher de Luís Carlos Prestes, presa e despachada pra Alemanha nazista pela ditadura de Getúlio Vargas pra morrer num campo de concentração. Morais, que sempre teve um pé na política, emprestava ao PMDB sua reputação intelectual e uma tintura de esquerda aderindo como secretário de estado da Cultura ao primeiro escalão do novo governo de São Paulo, encabeçado por Orestes Quércia.

Ao entrar com meu amigo no gabinete, todas as minhas dúvidas sobre como me comportar diante de um secretário de estado dissiparam-se no ato diante da simpatia e afabilidade tipicamente mineiras do homem. Depois de nos cumprimentar efusivamente ao rés do chão, o secretário apoltronou-se atrás de sua escrivaninha senhorial, de alguma madeira de lei escura, tudo assente num estrado monárquico que alçava a sua autoridade uns dois palmos acima do comum dos contribuintes. Ao fundo, pendurada na parede, entre as bandeiras do Brasil e de São Paulo, uma foto do novo governador prognata e ex-narigudo (fez plástica e ganhou um nariz estilo tobogã) que, a julgar pelo noticiário, vivia enrolado num punhado de escândalos típicos da governabilidade hodierna, como licitações fajutas e superfaturamento de obras e compras públicas.

Depois de uma conversa genérica, meu diligente amigo tratou de sintetizar minha não exatamente vasta biografia como escritor, dois romancinhos finos que mal paravam de pé se escorando mutuamente na estante, e o meu ainda mais modesto currículo universitário, resumido a um diploma em administração de empresas, duas faculdades começadas e abandonadas (ciências sociais e jornalismo) e um curso de mestrado em teoria literária que acabou não resultando em tese, pois tive que me virar na vida e fiquei sem tempo de me afundar no estudo. Mas prometo escrever uma tese na próxima encarnação, se eu não voltar à Terra como um tatu-bolinha míope. Num esforço nada sutil de venda da minha pessoa, meu amigo procurava convencer o secretário de que eu estava gabaritado a apresentar uma proposta cultural ao governo do estado, preparando o terreno pro meu bote.

O secretário, de camisa social e gravata — o paletó repousava pendurado num cabide ao nível do chão, como a indicar que, apesar do estrado autocrático, era dali mesmo, do chão pisado pelos humanos de plantão na crosta terrestre que ele provinha —, o secretário, eu dizia, tirava roliças baforadas de um *puro* legítimo (presente pessoal do Fidel, segundo me contara antes o Prata), aguardando a exposição do meu projetinho oportunista, que outro não era senão uma espécie de Embraletras financiada pelo governo paulista. Ou melhor, uma Paulisteratur, como sugeri, meio de sarro, meio a sério, inspirando-me na famigerada Paulipetro do Maluf, o governador anterior, que havia, segundo uma torrente de denúncias na imprensa, torrado algo como dois bilhõezinhos de dólares, em valores da época, sacos dos cofres do estado de São Paulo, quando era governador biônico, sem tirar do solo um único dedal de petróleo, mas engordando as contas bancárias de muitos correligionários, além da sua própria.

Eu via, pela cara dele, que o secretário não tinha se emocionado em demasia com a minha Paulisteratur, nome desgraçado de ruim. Mesmo assim, perorava em defesa do meu projeto, disparando perdigotos marrons de cafezinho pra cima da barba do secretário do outro lado da mesa, os quais não chegavam a atingi-la, barrados que eram pela espessa cortina de fumaça cubana. Meu principal argumento era: se a curriola do cinema podia, se a turma do teatro podia, se até artistas plásticos e gente de circo podiam viver de verbas públicas, visto que havia na secretaria departamentos específicos para o fomento dessas artes todas, por que escritores não poderiam também mamar nas burras públicas? E sendo que custear a escrita de um livro por um ou dois anos sairia muito mais barato do que fazer um filme nacional "de arte" que, ótimo ou ruim, quase ninguém ia ver nos cinemas, com raríssimas exceções. Bastava, pois, uma canetada certeira do fumegante secretário da Cultura pra eu me ver de alguma forma embraletrado. Ou paulisteraturado (putz!). Pagaria umas contas. Comeria umas pizzas. Teria mais tempo pra escrever. Ia ser bacana.

Meu interesse ali tinha dois alvos simultâneos, mas excludentes. Eu tanto aspirava a ser beneficiário de uma tal mamata quanto insinuava pro Fernando Morais que eu mesminho poderia vir a ser o gestor do programa de bolsas literárias dentro da secretaria, o que vingasse primeiro. Minhas chances me pareciam razoáveis ali. Afinal, meu amigo Prata, amado e festejado dramaturgo, telenovelista e cronista, que administrava o departamento de fomento ao teatro da secretaria, tinha me levado pela mão até o titular da pasta, que me concedera aquela audiência. Ponto pra mim. E o sr. secretário, em sua calorosa informalidade, tinha ido com a minha cara, pelo jeito. Não a ponto de me convidar pra tomar mojitos em Cuba com ele, na sua próxima viagem à ilha do Fidel, mas, de qualquer maneira, começava a prestar um pouco mais de atenção na minha exposição. Por um momento, tive a impressão de que a minha conversinha fiada de Paulisteratur tinha despertado no homem algum tipo de conexão com outras caraminholas lá da cabeça dele. Em outro momento, achei que o próprio cabide com o paletó do secretário me acenava com sua penca de hastes vagas, como que me convidando a me enganchar numa delas. *Allea jacta est*, suspirei no meu parco latim, ao término da minha arenga.

Depois de deixar minha proposta defumando por uns instantes no fumacê de seu charutão cubano, o secretário puxou um pigarrinho burocrático e nos contou que, por grande coincidência, andava cozinhando uma ideia bastante aparentada com a minha. A coisa toda tinha a ver com o falecido arquiteto, designer, artista plástico, escritor e grande provocador, Flávio de Carvalho, o mesmo que tinha andado na contramão de uma procissão no centro de São Paulo, nos anos 50, e de chapéu ainda por cima, atitude considerada sacrílega na época, o que quase lhe valera um linchamento. Em outra ocasião, o artista dera umas bandas no movimentado centro comercial paulistano trajando uma indumentária "new look", como ele chamava sua proposta de roupa para o homem tropical, composta de saiote largo, blusa larga, mangas abertas no sovaco pra ventilar e sandálias vazadas que lhe davam, no conjunto, um divertido ar de espadachim renascentista, para grande escândalo das virilidades auriverdes.

Pois esse mesmo Flávio de Carvalho, explicava o secretário, havia projetado e construído na sua fazenda, em Valinhos, a uns 70 km de São Paulo, uma sede de figurino modernista concluída em 1938. Era a famosa fazenda Capuava, que ainda pertencia à família Carvalho. A Capuava, tombada pelo patrimônio histórico em 1982, foi dos poucos projetos arquitetônicos do polêmico artista a saírem de fato do papel, e, dizem os entendidos, o mais importante. O caixotão de concreto aparente, que, de frente, com sua um tanto íngreme escadaria de acesso, me lembra um templo sacrificial maia, tem catorze cômodos ao todo, com uma boa meia dúzia de quartos e um amplo salão, além da piscina externa. Na época em que fui ver o secretário, a Capuava, segundo ele, padecia de um triste abandono, carecendo de um restauro em regra.

A ideia do Fernando Morais era fazer o estado comprar a fazenda Capuava da família Carvalho, restaurar a sede e transformar o lugar numa espécie de centro de acolhimento de escritores mais ou menos desvalidos — poetas e dramaturgos inclusos — em busca de refúgio grátis para escrever em paz, com direito a aposentos privativos, roupa lavada e rango de primeira. Cônjuges, amantes e filhos não seriam admitidos, para garantir a tal paz. E os agraciados com a mordomia ainda receberiam um auxílio em dinheiro, de modo a abduzi-los temporariamente do mercado de trabalho.

Putsgrila, explodi em êxtase demodê. Que ideia du caralho! Bem melhor que a minha, com a vantagem de oferecer o álibi perfeito para um escritor casado e com filhos dar um tempo do lar e entregar-se de corpo e alma às musas, longe da família, num pequeno paraíso a uma hora de carro ou ônibus de São Paulo.

As musas, sim, as musas. Entusiasmado até a raiz dos pentelhos pela grande e altamente factível ideia do secretário-escritor, liberei-me pra dar uns pitacos visando aprimorá-la. Pra começar, mister se faria liberar o uso de todo e qualquer tipo de substância controlada ou ilícita nas dependências da fazenda e da sede. Escritores sempre estiveram às voltas com paraísos artificiais, e a fazenda do Flávio de Carvalho deveria fazer as vezes de uma pequena Amsterdã tropical para gáudio de seus hóspedes criativos. Mais importante que isso, as longas horas de confinamento e solidão que os escritores e poetas iriam enfrentar na fazenda modernista seriam em grande medida aliviadas pela presença de um contingente de gentis alunas e alunos de cursos de Letras de todo o estado, jovens arregimentados e selecionados em rigoroso concurso público visando mensurar-lhes o cabedal cultural em paralelo com seus atributos, digamos, paisagísticos.

Devidamente familiarizados com as obras dos autores abrigados na casa, e também com o repertório básico da literatura nacional e mundial, os brotinhos--cabeça funcionariam como *sparrings* intelectuais, isto é, como musas e musos operacionais capazes de debater com os autores questões relacionadas a técnicas narrativas, processo criativo, novas mídias e sua influência nas artes, e mais qualquer outra questão ou tema de interesse para o nobre fazer literário. Ou seja, o bravo romancista, contista, poeta ou dramaturgo contaria com a delicada e dedicada presença ao seu lado de algum clone da Scarlett Johanson ou do Cauã Reymond em seus verdes anos, ao gosto do freguês, para discutir com ela ou ele, *en privé*, a crise da subjetividade na era pós-joyceana, ou ainda o erotismo anal em Sade, Bataille e Adelaide Carraro, ou até mesmo as múltiplas interfaces da moderna prosa poética de inspiração baudeleriana com a filosofia de Hegel, Heidegger e, sobretudo, Steinhager.

Isso tudo, tomando um bellini ou um kir royal à beira da piscina, ou traçando um leitãozinho pururuca à mesa do jantar regado a vinhos e licores da mais fina procedência. Ou mesmo no recôndito aconchegante da alcova, queimando um hash marroquino harmonizado com a melhor cachaça da terra, entre eventuais sussurros e carícias íntimas. ("Puxa, baby, que lindas redondilhas você esconde debaixo da camiseta!" / "Brigada, bem. Seu ponto de exclamação também é deveras apreciável!")

As e os M.O.s (musas e musos operacionais, só pra lembrar) ficariam vinte e quatro horas por dia à disposição dos escritores, num esquema informal de rodízio, estando apenas vetados, tanto quanto possível, os arroubos de paixão e ciúmes de parte a parte. A mim parecia óbvio que um tal serviço de bordo contribuiria sobremaneira para o aumento das taxas de inspiração e demais hormônios das e dos escribas de todas as inclinações libidinais, com grande benefício para a literatura brasileira contemporânea como um todo, e pra paulista em particular. Seria, de todo jeito, uma experiência inovadora, estimulante para a criação literária e, por que não?, tesuda pra dedéu.

A essa altura da entusiástica exposição das ideias que me brotavam como jorros de gêiser, o secretário e o Prata, apesar de não parecerem levar muito a sério minhas propostas, passaram a disparar contribuições para aperfeiçoar o projeto do retiro literário com M.O.s e baratos afins. E a conversa rolou solta e sumamente jocosa. Alguém sugeriu, por exemplo, que a fazenda do Flávio de Carvalho deveria ganhar o nome oficial de "Retiro Criativo do Carvalho", ao que outro de nós, não lembro quem (e, se lembrasse, não diria), obtemperou, provocando gargalhadas, que tal denominação, com aquelas musas todas rondando o ambiente, logo ia virar, nas asas da galhofa, o "Retiro procriativo do caralho".

Vi quando o secretário conferiu no relógio de pulso as horas, com cara de quem deveria e gostaria de já estar almoçando. Em termos regimentais, nossas gargalhadas eram lícitas, eu supunha, já que estávamos devorando a horinha e meia de almoço do Fernando, e não o tempo sagrado do expediente. Até mesmo secretários da Cultura têm que se divertir de vez em quando, por incrível que pareça. Em alguns momentos, julguei ler em seus olhos, se não foi em seu bigode & barba aromatizados a charuto, a indagação que ele devia estar se colocando a si mesmo: onde o Prata foi arranjar esse maluco que me vem aqui na Secretaria da Cultura falar de "Paulisteratur", "musas operacionais", "Retiro procriativo do caralho" e demais pataquadas afins?

Mas agora era o próprio Mário Prata quem não deixava a peteca absurdista cair, sugerindo que se contratassem também equipes de nado sincronizado, aquela modalidade esportiva em que lindas mocinhas afundam na piscina de ponta-cabeça deixando pra fora só os mimosos pezinhos dançarinos. Tal espetáculo contribuiria para dar algum movimento à paisagem e, dessa forma, atenuar um pouco a monotonia rural. Além de exímias sincronadadoras, as princesinhas da piscina saberiam declamar Camões e Drummond, até debaixo d'água, sendo também capazes de diferenciar, sem titubeios, uma metonímia de uma jaca madura no pé.

O secretário adorou a ideia do nado sincronizado, mas, homem de firmes convicções democráticas e socialistas, logo observou que os musos e musas deveriam incluir um percentual de gays assumidos, de ambos os sexos, dispostos a eventual e consensualmente contracenar na intimidade com escritores e escritoras igualmente gays. Todos concordamos, sem pestanejar. O Retiro

Procriativo do Caralho deveria situar-se na vanguarda da modernidade comportamental, sem sombra de dúvidas.

Nada disso vingou, como é óbvio. Nem sei se, com essa distância no tempo, daria pra passar um atestado de veracidade absoluta quanto aos detalhes daquela conversação histórica no gabinete do secretário da Cultura, tais como os relatei aqui. Passo, no máximo, um atestado de verossimilhança, que já tá muito bom.

Fiquei anos sem rever o Fernando Morais, que também não durou muito na secretaria, até onde me lembro. Tampouco conheço a fazenda Capuava, que, segundo me consta, ainda tá lá, em Valinhos, sem retiro criativo, sem musas operacionais e sem nado sincronizado. Acho que virou uma espécie de museu, não sei. (Mas o mr. Google deve saber, fale com ele.) Também não fui aquinhoado com nenhuma bolsa literária ou cargo de assessor cultural. Fui apenas cuidar da vida, de algum jeito que não lembro agora. Sei é que, às vezes, acordo de noite, pálido de espanto e teso de tesão, pondo-me a devanear com o natimorto Retiro Procriativo do Caralho, edênico devaneio paraestatal enterrado pra sempre no futuro do pretérito.

Catherine, Serge et moi

Homens não podem fingir um orgasmo se não estiverem de pau duro — disse Sócrates a Xantipa, não sei exatamente em que circunstância. E disse mais: os homens não podem ficar de pau duro se não estiverem com tesão, mesmo tendo tomado alguma dessas pilulinhas mágicas cujo princípio ativo só funciona se turbinado por alguma dose de genuíno desejo sexual prévio. Tá na bula. Tá também no senso comum. O tautológico Conselheiro Acácio, personagem do Eça de Queirós que só dizia chavões e obviedades, poderia ter dito a frase. De pau mole, com certeza.

Já a mulher pode fingir um bom orgasmo a hora que quiser. Tanto a mulher do Conselheiro Acácio quanto todas as demais mulheres do mundo. Orgasmo animal, orgasmo lírico, orgasmo cósmico, a escolha é dela. E, se a trepada for apenas fonográfica, como nos antigos serviços de sexo por telefone, aí fica ainda mais fácil. Qualquer asmática em crise ou maratonista em fim de prova pode simular um orgasmo fonográfico espetacular sem nenhum esforço extra. A atriz e cantora Jane Birkin, que até onde eu sei não é asmática nem maratonista, não fez outra coisa diante de um microfone, uns cinquenta anos atrás, no *Je t'aime, moi non plus*, clássico romântico de bailecos, boates, hotéis de passe e das rádios dos anos 60. Nessa canção, a bela Birkin protagonizou um orgasmo sexual em parceria com seu então marido e espantalho particular, o compositor, ator, provocador, bebum e anarquista Serge Gainsbourg. Esse Gainsbourg, você sabe, é aquele sujeitinho feioso, baixinho, orelhudo e narigudo, do time do Belmondo. A feiura nunca o atrapalhou, nem lhe diminuiu o carisma, pelo contrário, e ele passou a vida colecionando beldades. Talvez sua frase mais conhecida seja: "A feiura é superior à beleza. A feiura fica, a beleza passa."

Voltando ao *Je t'aime*, até hoje fico mexido ao ouvir o Gainsbourg fazendo a Birkin arfar seu orgasmo sonoro enquanto ele vai entoando com sua voz de bebum defumada em milhões de Gitanes sem filtro o grande verso da canção: *Comme la vague irrésolue / je vais et je viens / entre tes reins...* ("Como a onda irresoluta, eu vou e venho entre teus rins..."). Isso, em meio à melodia ultrarromântica desenhada com pungência no órgão elétrico. A melodia soava como a própria trilha da trepada que as vozes da Birkin e do Gainsbourg encenavam. Era como se o casal de gemedores apaixonados tivesse ido a um motel, ligado o FM e sintonizado justamente o *Je t'aime, moi non plus*, que passava, então, a ser a trilha sonora da fodelança real. Coisa fina e engenhosa, metalinguística e tudo mais, ouvida e apreciada por casais de quase todas as idades e classes sociais, sobretudo na hora do vamo-vê. Isso no Brasilzão jeca e conservador daqueles tempos, o mesmo que tinha visto se instalar a ditadura militar em 64. E com o Vaticano, ainda acatado cagador de regra na época, indicando o caminho do inferno a quem executasse ou apenas escutasse a música, sem falar no Gainsbourg e na Birkin, os protagonistas do pecaminoso ultraje, esses já com lote reservado na fornalha de Belzebu.

A Jane Birkin, como você deve saber, se viu fotos ou filmes que ela fez na juventude, tinha uma carinha quase angelical, quase diabólica, e o corpo magro de ninfeta pop europeia a flutuar num romântico despudor na espuma efêmera dos anos 60 e 70. A moça podia ser vista em filmes como *A bossa da conquista*, do Richard Lester, e *Blow up*, do Antonioni, que eu vi na adolescência e que me deixaram meses, anos a fio sonhando com ela, sempre com o auxílio frenético da mão direita, a minha, não a da Jane Birkin, infelizmente.

O *copain* da Birkin na trepada acústica e autor da música, o Gainsbourg, já tinha gravado o *Je t'aime* num dueto com a sua namoradinha anterior, que era ninguém menos que a Brigitte Bardot. Só que, terminado o affaire um tanto clandestino, La Bardot pediu ao Gainsbourg para não soltar a música, por ainda estar casada com o *millionaire* alemão Gunther Sachs, que talvez não apreciasse em demasia ouvir nos rádios sua patroinha francesa soltando lânguidos ganidos cada vez que o francesinho de orelhas de abano entrava com fé e força entre seus rins.

Aliás, muito foda essa imagem nefropoética: *vou e venho entre teus rins*. Talvez você se anime a tentar a fórmula com a próxima mina que abordar numa balada: "Aê, gata, rola d'eu entrar no meio dos teus rins?" Impossível prever o resultado, mas aposto como a tal gata não vai esquecer tão cedo essa cantada.

Danado, o Serginho Gainsbourg. E já que estou falando dele e de suas mulheres, aproveito pra dar baixa numa historieta sem nenhuma importância pra humanidade como um todo, mas absolutamente inesquecível pra mim em particular, como também teria sido pra você no meu lugar, tenho certeza. A coisa se passa no inverno de 1979, em Paris, onde eu vivia como bolsista de uma pós em economia. Eu via o começo do filme *Anjos de cara suja* (Michael Curtiz, 1938), em branco e preto, na última sessão noturna de um reduto de cinéfilos da rue Christine, no coração do Quartier Latin, com a pequena sala quase cheia, quando um casal barulhento, verborrágico, adentra às gargalhadas o sacrossanto escurinho da sala. Ocorre que, em Paris, os cinemas de arte são reverenciados como templos do culto à cinefilia, onde o mais absoluto silêncio deve ser observado sob risco de broncas ásperas, apupos pesados e provável expulsão da sala, não raro aos pontapés, se o tagarela não calar a boca de uma vez por todas.

Daí que, ao ver o ruidoso casal estuprando daquela forma insana o silêncio litúrgico do Action Christine, com o filme já começado, antevi nada menos que um ato de execução sumária, rápida e indolor para não atrapalhar a projeção. Talvez o cinema dispusesse de uma guilhotina portátil pra essas eventualidades. Os cadáveres seriam recolhidos depois do *The end*, pra não atrapalhar a sessão. De todo jeito, me parecia inacreditável aquela cena. E o mais curioso é que os caras falavam francês com forte sotaque francês, levando-me à atilada suposição de que seriam franceses legítimos, muito provavelmente parisienses. Ou seja, gente que manjava a mística do cinema de arte francês.

Mas havia algo ainda mais escandaloso naquilo tudo. É que ninguém na plateia abria o bico para estrachinar a buliçosa dupla. Nem um reles "Ta guele!" (Cala a boca!), nem um simples *shshsh*! E mais: logo quem estava cochichando numa indisfarçável excitação eram os próprios devotos da santa telona que estavam ali para ver Humphrey Bogart e a jovem Anne Bancroft contracenarem em branco e preto no drama regido pelo Curtis, futuro diretor de *Casablanca*. Seriam os recém-chegados uns alienígenas com poder de controlar a mente dos terráqueos cinéfilos da Rive Gauche? Deviam ser, só podiam ser, pensei. E mais incrível do que ver alienígenas num cineminha de arte de Paris era o fato de eles terem conseguido aquela proeza.

Logo a dupla de marcianos antropomórficos, da qual eu só vislumbrava as silhuetas na contraluz da tela, se despia de seus pesados sobretudos e, avançando aos tropeços e risadas pelo corredor lateral, tentavam, ele e ela, vislumbrar na penumbra cinematográfica do filme *noir* dois assentos na plateia pra se abancar. Cazzo, não é possível que esses dois malucos vão inventar de sentar bem aqui do meu lado, eu temi, olhando para os dois lugares vagos à minha direita, sendo que num deles se aninhava meu anoraque. Não deu outra: depois de passarem pelo carinha que estava na ponta da fileira, o vulto da mulher chegou até o meu assento e soltou um "Excusez moi", solicitando a remoção do meu casaco de esquimó sintético com o qual eu enfrentava com galhardia o inverno parisiense. Liberei o assento tentando não demonstrar contrariedade e censura, de modo a evitar algum previsível barraco à francesa. Se os caras tinham entrado na sala de um cinema de arte parisiense com o filme começado falando e rindo pelos cotovelos daquele jeito é porque deviam ser capazes de tudo e mais um pouco. Notei, então, que não poucas pessoas das fileiras à frente torciam o pescoço pra espiar os recém-chegados. Ninguém parecia incomodado, irado, nem nada. Pelo contrário, tímidos e respeitosos, mais pareciam admirados.

E, pronto: os dois se sentam finalmente, a mulher do meu ladinho direito, ela com seu casaco de pele no colo, ele, fazendo o mesmo com seu sobretudo, falando alto, aos jorros, ela rindo e mandando ele falar mais baixo, ele rindo e falando ainda mais alto. Devia estar de porre, o desgraçado, ou no auge dum surto maníaco, ou as duas coisas. Em condições normais, alguém da fileira de trás já teria sacado um canivete pra degolar o casal, a começar pelo cavalheiro. Mas aquelas não eram condições normais. As figuras ao meu lado direito também não deviam ser lá muito normais, mesmo sendo humanas e não extraterrestres. Vencendo a custo uma timidez paralisante, virei o rosto o suficiente pra ver a cara da *salope* e seu arrulhante rufião. Era uma loira chiquérrima, de uns quarenta e tantos, perfumada com discrição. E bonita, bem bonita, com um perfil que me pareceu perfeito, saído das mãos de algum Fídias. Quando aumentou um pouco a luminosidade do filme à nossa frente, numa cena a céu aberto, tornei a olhar pra tirar uma dúvida que se instalara de súbito em meu aparelho perceptivo. É que eu tinha achado a mulher a cara da Catherine Deneuve. Daí, inclinando-me um pouco à frente, conferi a estampa do seu par, um sujeito que era a cara escarrada do Serge Gainsbourg. Puta que pariu, pensei no calão pátrio. Das duas, uma: ou uma sósia da Deneuve tinha arrumado um sósia do Gainsbourg pra chamar de seu ou... ou eram eles mesmos! *Incroyable!*

E o mais louco é que o Gainsbourg, de tronco também inclinado à frente, me dizia agora alguma coisa com sua voz de cachorrão bêbado, uma frase rápida que eu não entendi, mas que teve o condão de arrancar novas risadinhas da Deneuve, que igualmente me deu uma olhadela. Devia ser algum tipo de desculpa sarrista por estarem ali me incomodando, imaginei. Ri também, pra não passar por parvo ou turrão. O Gainsbourg, de sua parte, continuou rindo e voltou a se acomodar na poltrona. Fiquei na minha, abestalhado, ousando no máximo filar as mãos de neve da Deneuve pousadas sobre o casaco de pele. É ou não é prum cidadão abestalhar-se? Pelo menos um cidadão que admira o bom cinema e suas belas atrizes. Tinha medo de ser pilhado por ela ou pelo maluco do Gainsbourg a filar aqueles dedos elegantes e nus, a não ser por alguns anéis que faiscavam suas pedras e metais preciosos na penumbra do cinema.

Eu babava no pulôver só de me lembrar, a cada centésimo de segundo, mais ou menos, que a Catherine Deneuve estava ali do meu lado. E o cara que entrara entre os rins da Jane Birkin, depois de ter entrado nos da Brigitte Bardot, e que agora atacava os rins da Deneuve, tinha acabado de falar algo comigo, uma piadinha, um *mot d'esprit* qualquer que eu não tinha entendido. Não entendia também o que o Bogart falava na tela e não conseguia mais prestar atenção nas legendas em francês. Na minha cabeça se estampava uma única e indelével legenda: estou sentado num cinema ao lado da Catherine Deneuve e do Serge Gainsbourg, em Paris. Poucos garotos do Butantã às margens do poluidíssimo rio Pinheiros viveram uma tal experiência. Provavelmente nenhum até então.

Pra dar um fast forward na história, vimos o filme até o fim, sempre sob os comentários em voz alta daqueles mega-astros do melhor cinema e da melhor canção da França e arredores. Eu seguia de olho no filme, ou melhor, na tela, sem prestar a menor atenção em nada do que se passava ali. A dois palmos do meu flanco direito, pulsava o coração da Catherine Deneuve, sendo que o meu dava saltos mortais por aquela deusa absoluta e absolutista, que tudo podia e tudo fazia, até entrar falando no Action Christine com o filme começado ao lado do namorado bêbado. Só isso importava naquele momento. E aquele momento era mais importante que tudo mais no universo, a luta de classes, todos os filmes do mundo, o vinho francês e a maconha jamaicana incluídos.

Ao fim da película, já no foyer — e agora vai ser bem mais difícil você continuar acreditando na minha história, mas faça uma forcinha aí, que vale a pena —, a dona Catherine Deneuve, em seu vison, o Serge Gainsbourg, de sobretudo e já pendurado num Gitane aceso, foram abordados pelas duas *ouvreuses* (lanterninhas) do cinema, que por acaso eram minhas queridas amigas Sabine Moisan e Leilinha Simões, esta uma carioca moreníssima casada com o francês Jean, irmão da Sabine. As duas sempre davam jeito de me deixar entrar de graça no Action Christine nos meus dias de dureza, que eram quase todos em Paris, e aquele tinha sido um deles.

Ao ver que eu tentava passar ao largo do grupo, tímido feito um Jeca desgarrado nas Oropa, a despachada Leilinha não perdeu oportunidade de me rebocar pelo braço para apresentar aos dois artistas franceses *notre ami brésilien, le grand écrivain Reinaldô*, que até então não tinha publicado porcaria de livro nenhum, mas isso a Catherine e o Serge (saca só a intimidade) não precisavam saber. Gainsbourg me deu um rápido mas vigoroso aperto de mão, dizendo-me algo que eu desgraçadamente não entendi outra vez. O sujeito fazia gargarejo com as palavras, em vez de pronunciá-las. Desgraça. Achei, no entanto, que ele tinha mencionado, em seu forte sotaque gaulês, o escritor argentino *Cortazárr*, por sinal meu escritor favorito naqueles tempos, e que também morava em Paris não longe dali. Talvez o Gainsbourg pensasse que o Cortázar também era vagamente *brésilien*. Ou que os brasileiros é que eram vagamente argentinos, alguma merda assim.

Respondi ao Gainsbourg com uma pequena gargalhada, tentando sinalizar que tinha entendido tudo, até as mais recônditas entrelinhas do que ele dissera. La Deneuve, de sua parte, distinguiu-me à francesa com três beijinhos nas minhas bochechas, que não foram mais lavadas desde então, sobretudo a bochecha que ganhou dois beijinhos. Virei eu mesmo um dos anjos de cara suja do filme do Michael Curtiz. E, a quem me encontrar hoje com o rosto encardido de mendigo terminal, lembro que por trás da crosta de sujeira velha de várias décadas abriga-se a lembrança imorredoura dos beijinhos da Catherine Deneuve, minha Belle de Nuit, entre cujos rins não tive, e tudo indica que não terei tão cedo, a graça de ir e vir.

Folias clericais

O jornalista italiano Carmelo Abbate é especializado em produzir matérias investigativas sobre temas de relevância social, tais como trabalho clandestino, as agruras da imigração, os descalabros no sistema de saúde, o comércio do sexo e outras ciladas e sinucas que afetam os pobres, desvalidos e incautos em seu país. Muitas vezes Abbate se disfarça de objeto de seu estudo, virando imigrante marroquino, paciente da rede pública, trabalhador clandestino, ator pornô, e por aí vai, para melhor escarafunchar os dramas que pretende revelar ao público. Seu último trabalho, o livro-reportagem *Sex and the Vatican — viaggio segreto nel regno dei casti* (O sexo e o Vaticano — viagem secreta ao reino dos castos), que tem provocado não pouco buchicho nos meios católicos, traz revelações desconfortáveis sobre o comportamento sexual dos servos da Igreja num país ainda muito carola e conservador, pelo menos de fachada, como a Itália.

Abbate se infiltrou no mundo íntimo do Vaticano através de um amigo homossexual que tinha lhe contado uma história curiosa iniciada numa sauna gay, em Roma. Ali, o amigo trepou com um francês radicado na Itália que, logo a seguir, se revelaria padre, e não qualquer padreco, e sim um dos sacerdotes que rezavam missa de manhã na Basílica de São Pedro, templo magno do catolicismo no Ocidente. E quando esse amigo gay do Abbate contou-lhe que planejava ir a uma festinha de embalo no apê do tal padre francês, o jornalista não teve dúvida: pediu pra ir junto, posando de namorado liberal do amigo. Foi e levou a fatídica câmera oculta com a qual, sabe-se lá como, gravou uma bela suruba clerical. Ele só não conta o seu grau de participação na suruba, se ajoelhou e rezou, etc. e tal. O que interessa é que "lá estavam muitos prelados", em suas palavras. Prelados e de mão no bolso, eu diria, no meu irrefreável trocadilhismo. Ali tinha início uma investigação sobre a vida sexual dos supostos castos da Igreja católica, que iria durar um ano inteiro.

E o que apurou, no geral, a bisbilhotice jornalística do Abbate, que deixou mais de um prelado em palpos de aranha pelado dentro da batina? Nada de muito novo ou original, ao meu ver. Basicamente que tem um monte de padre que faz sexo à vontade, gays e héteros, dentro e fora dos muros do Vaticano, sendo que muitos levam vida dupla, mantendo mulher e filhos em alguma quebrada mais ou menos discreta. Há relatos de surubas rotineiras também, como aquela da qual o autor participou. E não é raro, diz Abbate, que os servos de Cristo, ao gerarem rebentos indesejados em seus relacionamentos com mulheres, acabem batendo às portas dos aborteiros pra se livrar do estorvo, não raro por insistência do bispo ao qual devem obediência. E, claro, não faltam sacerdotes que se atolam no crime hediondo da pedofilia, como lemos a toda hora nos jornais. Ou seja, a turma da batina tende a agir segundo seus desejos carnais, da mesma forma que nós outros, integrantes do rebanho laico e por vezes ateu do Senhor.

Uma das fontes secundárias de Abbate é um estudo do psiquiatra Richard Sipe, ex-monge beneditino, apontando que 25% dos padres americanos tiveram relações com mulheres e outros 20% praticaram o amor que não ousa dizer seu nome. Quer dizer, tirando uns 5% de bissexuais, que estão cá e lá nas estatísticas, concluímos que pelo menos uns 40% do clero americano já botou a genitália e a anália pra rockar e rollar fora da batina.

Na Alemanha, outro pesquisador do assunto, ex-padre excomungado, aponta que, dos dezoito mil servidores da Igreja atuantes no país, um terço vive com uma mulher. Difícil resistir ao impulso de deduzir que pelo menos outro terço ande às voltas com homens na cama. Já no Brasil, como informa a matéria que eu li no UOL, o Centro de Estatística Religiosa e Investigações Sociais (Ceris) apontou que 41% dos clérigos confessaram já ter tido relações não canônicas com membros e membranas dos incautos fiéis que se aproximaram demais da conta deles.

A espada moralista do Abbate pende, enfim, sobre uma instituição que prega a castidade como virtude cristã para todos e valor absoluto para os servos de Deus, e que sempre condenou o homossexualismo, o sexo fora do casamento e o aborto. As revelações sobre a vida privada dos castos, já se vê, não combinam muito com tal ideário. Castos um cazzo! E se necessário fosse dar mais uma voltinha no parafuso, o autor poderia acrescentar, numa próxima edição do seu livro, um dado curioso que em tudo combina com as revelações bombásticas que estão lá. É que o Instituto do Vinho da Califórnia acaba de publicar uma pesquisa apontando o país com maior consumo per capita de vinho do mundo.

Qual você acha que é? A França? Não, essa vem em quinto lugar. Também não é a Itália nem Portugal, e sim o Vaticano, cidade-estado situada dentro de Roma. Os oitocentos castos que ali vivem consomem nada menos que setenta e quatro litros de vinho por pessoa ao ano, o que dá uma média de cento e cinco garrafas de 750 ml. A Itália vem apenas em nono lugar, com 37,6 litros per capita, a metade do vinho consumido no Vaticano. De fato, nada como um vinhozinho pra acompanhar uma boa sacanagem. O velho Baco já sabia disso alguns séculos antes de Cristo.

A questão, em todo caso, é antiga. Gilberto Freyre, em seu *Casa-Grande & Senzala*, cravou: "O ambiente em que começou a vida brasileira foi de quase intoxicação sexual. O europeu saltava em terra escorregando em índia nua; os próprios padres da Companhia precisavam descer com cuidado, senão atolavam o pé em carne."

Na mesma época, o século XVI, Pietro Aretino (1492-1556), poeta (*Sonetos luxuriosos*), puxa-saco de papas e reis, chantagista da nobreza e libertino em tempo integral, escreveu os *Raggionamenti* (Tertúlias), traduzido no Brasil como *Pornólogos*, por J.M. Bortolote (Editora De Gustar), livrinho difícil de achar, mas uma iguaria para os amantes da boa sacanagem erudita. Nele, a narradora, a Nanna, conta sua vida como freira, esposa e puta, nessa ordem. Embora obra de ficção, é difícil supor que um homem esperto e observador como Aretino não tivesse se inspirado nas práticas correntes nas famílias abastadas e nos monastérios da Renascença italiana para compor suas historietas safadas.

Nanna conta como, ainda bela e fresca donzela, foi encaminhada pela família a um convento para se entregar aos braços de Deus. Depois de acolhida num lauto banquete de boas-vindas, com padres e freiras mandando ver nas finas viandas e no generoso vinho, Nanna ganha seu kit de noviça, do qual consta um consolo de vidro oco, feito em Murano, dentro do qual se injetam líquidos quentes, como a própria urina da usuária. É com esse *cazzo* artificial morninho que ela mesma se desvirgina enquanto espia um animado frade "cravar a vara pelos fundos da padaria" da abadessa do convento. Logo em seguida, já livre do incômodo da virgindade, Nanna é abordada por um piedoso vigário "que me fez três vezes, modéstia à parte, duas à antiga e uma à moderna", sendo que essa modalidade *moderna* do fazer sexual é a mesma que Nanna viu a abadessa experimentar pelos fundos de sua "padaria". Aliás, o tempo todo na história de Nanna os ardorosos membros do clero e demais serviçais do convento, uma vez "satisfeitos com o primeiro bocado da cabra, queriam ainda o cabrito". Tá certo. Um cabritinho, de vez em quando, sempre cai bem.

A Renascença italiana era mesmo pródiga em putarias clericais e os exemplos históricos abundam (e abucetam e acaralham). Há não muito tempo, uma editora brasileira lançou uma (porno)graphic novel desenhada pelo italiano Milo Manara, com texto do chileno Alejandro Fodorowsky — ops, Jodorowsky —, relatando as façanhas políticas e sexuais de Rodrigo Bórgia (1431-1503), que virou Alexandre VI, tido como o papa mais devasso da história. O papa-papão papava de coroinhas a cardeais, de princesas a criadinhas, com fé inabalável em seu santo taco. Teve pelo menos sete filhos conhecidos. Um deles era a bela e igualmente devassa Lucrécia Bórgia, que deixaria qualquer Paris Hilton no chinelo. Dizem que dava umas comparecidas até debaixo do baldaquim do leito papal. Ou seja, mandava bala com o próprio papi papa, com quem teve um baby — ao mesmo tempo filho e neto do sumo pontífice. Não havia ainda paparazzi em Roma naqueles tempos, mas os satiristas de plantão, um certo Filofila à frente, não lhe davam trégua. Filofila chegou a escrever que "a filha do papa adora copular. Pode ser com irmão, pai, poeta, cachorro, bode e até macaco". E, ao que consta nos anais (e também nos vaginais) da história, nada disso era nenhum grande exagero ou novidade.

Não foi à toa, pois, que Petrarca (1304-1374), o criador da forma soneto, chamava o Vaticano de "Babilônia infernal, cárcere indecente onde nada é sagrado. Habitação de gente de peitos de feno, ânimo de pedra e vísceras de fogo". Que as coisas não se passem de forma muito diferente por lá, hoje em dia, não deveria espantar muita gente, a julgar pelo livro do Abbate. Os "castos" do Vaticano, já se vê, além das aspas, pedem igualmente uma profilática camisinha benta. Quanto ao Carmelo Abbate, que se declara católico e gostaria de ver a Igreja modernizada e moralizada, deve ter sido uma experiência catártica tripudiar sobre a proverbial hipocrisia dos servos de Deus, que praticam o nobre e laico esporte na vida privada e vomitam virtudes e ameaças aos pecadores do púlpito. Me senti eu mesmo o meu tanto vingado com o trabalho do Abbate. De família católica, com uma ala feminina carola composta por mãe, avó e tias que não perdiam missa aos domingos e dias santos, vivi na infância e primeira adolescência sob o manto de uma vigilante repressão sexual defumada em incenso de igreja. Entre o "catecismo" do Carlos Zéfiro e o sem aspas da Santa Madre Igreja meu pau balançava. Saltei fora dessa masmorra mental aos dezesseis anos, quando mandei a turma da batina às favas e passei a acreditar piamente em sexo — e ele em mim, nos melhores dias. Como Aretino, dei uma grossa banana "a todos os hipócritas, pois não tenho mais paciência para as suas mesquinhas censuras, para o seu sujo costume de dizer aos olhos que eles não podem ver o que mais os deleita".

Ecco! Deleitemo-nos, pois, seguindo o pio exemplo dos catsos, ops, castos do Vaticano.

Histórias do Pancadão

Sexo, velocidade e morte. Se você se interessa por algum desses temas, ou pelos três, você veio ao lugar certo. Sexo, velocidade e morte são experiências básicas que a gente costuma vivenciar em separado, uma de cada vez, só que em outra ordem. Primeiro se vive a velocidade na mais tenra infância, em viagens a bordo de carros, trens, ônibus, aviões, bicicletas, motos, barcos, cavalos ou camelos. Ou no colo de alguém que ande rápido. Depois, num dado momento, de algum jeito, vem o sexo consciente de si, deixando para trás o sexo difuso e polimórfico da infância. Daí, no fim da estrada, você sabe quem vem, não precisamos falar disso.

Alguns poucos mortais, porém, já terão vivido a experiência de trepar com uma mulher no banheiro de um Boeing ou Airbus, à revelia dos olhares das aeromoças, se não for mesmo com uma delas, e, de repente — olha só o azar —, de repente dá uma merda qualquer na geringonça voadora e o casalzinho, de sexo engatado, embica a 800 km por hora em direção ao oceano tumular. Morte, sexo e velocidade num só passe de mágica. De magia negra, no caso.

Outro jeito de morrer em alta velocidade praticando estrepolias sexuais poderia ser a bordo de um, digamos, Corvette vermelho conversível, a duzentos por hora, tendo ao lado um avatar da Lauren Bacall aos dezenove anos, sua idade em *Uma aventura na Martinica*, de 1944, quando conheceu e teve um caso com Humphrey Bogart, seu futuro marido. Imagine a cena: a linda Bacall ali, degustando o seu pau com todo o amor e carinho, enquanto você, cabeça jogada pra trás, num doce abandono orgástico, murmura, em inglês, com legenda, algo assim: "Meu Deus... puta merda... vou gozzz/", sendo que a última imagem captada por sua retina é o céu azul e suas nuvens dramáticas, visão celestial que o impediu de notar aquele caminhão vindo com tudo pra cima do seu Corvette, você na contramão. Pois é: sexo, velocidade, bobeada e morte.

Não sei se prefiro o Corvette ou o Boeing, se uma aeromoça ou a jovem Bacall, no meu derradeiro e veloz momento erótico. Se puder escolher, acho que prefiro seguir a norma estatística, cada experiência vivida em seu devido tempo e lugar: primeiro a velocidade, depois o sexo, e aí, no final, a visita da velha senhora sem rosto com aquele alfange na mão.

Falando em Corvette, aqui em São Paulo, se for beber num boteco com caras grisalhos e barrigudos a se encharcar de cerveja e cachaça, é capaz de você ouvir de um deles a expressão "Puta máquina, meu!", seja a máquina um reluzente Corvette conversível que acabou de passar zunindo na rua ou uma gostosa de bundinha e decote aprazíveis que acabou de desfilar rebolando pela calçada em frente. Ou seja, mulheres e carros parecem excitar em igual medida as libidos viris dos paulistamos, despertando também as mesmas expressões de entusiasmo.

Parece incrível, mas esse lero todo me veio à testa por conta de uma biografia do inglês James Hunt, o campeão doidão da Fórmula 1 de 1976, que me caiu na mão. Trata-se de *Shunt*, do jornalista Tom Rubython, lançada em fins de 2010 e que viria servir de base para o roteiro de *Rush — No limite da emoção*, longa do diretor Ron Howard estrelado pelo "Thor" Chris Hemsworth e por Daniel Bruhl, ótimo ator, que se transforma numa espécie de Freddy Kruger na sequência de um acidente de corrida sofrido por seu personagem.

Esse Daniel Bruhl, por sinal, é filho de um diretor alemão com mãe espanhola, nascido em Barcelona, mas formado e vivido como ator germânico. Curioso é que Hanno Bruhl, o pai do Daniel, nasceu em São Paulo, cujo trânsito mais de um piloto estrangeiro de F-1 viria a classificar de berço ideal para um futuro piloto de corrida, habituando-o desde cedo a riscos constantes de acidentes e a um acirrado espírito competitivo, à margem das regras escritas e do mero bom senso, espírito esse impulsionado pela estranha urgência que todos sentem na capital paulista de chegar meio palmo e três décimos de segundo à frente do cara ao lado, mesmo ao custo de dar umas fechadas mortais em outros carros e atropelar umas velhinhas pelo caminho.

É justamente o que o cronista, historiador e jornalista brasilianque, Matthew Shirts, comenta numa crônica incluída em seu saborosíssimo livro *O jeitinho americano* (Ed. Realejo), ao falar sobre o número impressionante de pilotos brasileiros militando nas seletivas categorias do automobilismo internacional. Segundo Shirts, é óbvia a relação entre "a irresponsabilidade dos motoristas e o sucesso dos brasileiros nas pistas". Pra corroborar sua tese, cita uma entrevista de um piloto alemão de F-1, o hoje aposentado Heinz-Harald Frentzen, sobre o trânsito de São Paulo, numa entrevista que saiu no *Estadão* tempos atrás: "Acho que a forma como o brasileiro pilota nas ruas facilita a adaptação às corridas, porque é preciso prestar atenção no que os outros motoristas fazem. Aqui é diferente da Alemanha, onde as pessoas estão mais acostumadas a andar em sua faixa, no limite da velocidade, e você não precisa se preocupar muito com os outros."

Shirts, na linha de um antropólogo brasileiro que ele muito admira, o Roberto da Matta, sugere que o trânsito urbano no Brasil é uma metáfora cruel do jeitinho brasileiro de ser, baseado em consensos momentâneos, ao arrepio das leis, pra resolver sinucas e reviravoltas súbitas da vida. Nos países ricos, como sugere o Frentzen, o bom motorista é o robô de si mesmo, obedecendo à risca a sinalização, seguindo bovinamente a fileira em que se encaixou numa avenida ou autopista sem ceder à tentação de sair costurando o tráfego ou de furar um sinal vermelho, mesmo de madrugada num bairro distante e sem ninguém na rua. E ainda tratando o pedestre como um pequeno deus a quem se deve sempre dar a preferência.

Deixando o trânsito brasileiro pra lá, volto ao Hunt, que tinha a maior pinta de pleiba dos quatro costados, e o era de fato. Dos quatro, cinco ou seis costados, de fato. Loiro, de cabelos lisos e longos, tão ou mais boa-pinta que o Chris Hemsworth, o sujeitinho dirigia seu monoposto feito um babuíno surtado, característica que, desde as categorias de base (F-Ford e F-3), lhe valeu o apelido de "Hunt the Shunt". *Shunt* é trombada, em inglês. Ou pancadão, como se diz em automobilismês. Gozado que, em português do Brasil, esse apelido adquire um segundo sentido involuntário mas bem a calhar, de malucão, o que Hunt também era e não negava.

Fora isso, mr. Pancadão bebia feito um gambá de desenho animado e mandava todas, cocaína e maconha, principalmente, inclusive em véspera de corrida, dedicando-se com igual afinco ao abate em série dos mais apetitosos espécimes do gênero feminino que lhe passavam pela frente. Garante Rubython que seu biografado passou o rodo em mais de cinco mil gurias antes de morrer do coração aos quarenta e cinco anos, já aposentado das pistas, mas tão bêbado quanto nunca. Nisso foi policampeão absoluto.

Só pra você ter uma ideia do grau de doideira do Hunt, conto um episódio narrado em suculentos detalhes por Tom Rubython, que, por sinal, é também autor de uma reverenciada biografia de Ayrton Senna. Foi em 1976, seu melhor ano na Fórmula 1, às vésperas do GP do Japão, última corrida de um campeonato que Hunt disputava com o austríaco Niki Lauda, que, além de estar confortáveis pontos à sua frente, já tinha um título mundial na bagagem, dos três que amealhou na F-1. Hunt, de McLaren, Lauda, de Ferrari, como todo mundo que viu *Rush* tá tão careca quanto um capacete de saber.

Niki Lauda tinha ficado fora de três corridas naquele ano, recuperando-se das lesões sofridas no acidente em Nürburgring, na Alemanha, quando, por uma escolha infeliz de pneus, segundo consta, derrapou num trecho molhado da pista e bateu seu carro contra o guard-rail, a mais de duzentos por hora, levando em seguida um pancadão de outro carro que vinha a toda. A Ferrari, você sabe, pegou fogo com Lauda dentro a flambar por mais de um minuto a uma temperatura suficiente pra assar uns trezentos perus de natal em dez segundos. No filme, a cena é forte. A sequência real, disponível no Youtube, não é menos brutal. Era um tempo em que as baratas acidentadas pegavam fogo com facilidade e era raro uma temporada sem mortos e feridos no grid.

A Fórmula 1, de fato, era quase uma forma de genocídio em pequena escala, antes da adoção do cockpit em fibra de carbono e dos tanques feitos com um material maleável à prova de rompimento, de modo a diminuir a chance de incêndio. As pistas eram verdadeiros abatedouros humanos e prontos-socorros de traumatologia e queimaduras. Dando uma sapeada nas estatísticas, a gente vê que, em determinados anos, quase 14% dos pilotos que largavam na primeira corrida do ano abandonavam o campeonato em alguma das etapas num cockpit de madeira e alças laterais. Em 55, foram três sobre vinte e dois pilotos. Em 58, foram quatro pro saco (18%, considerando vinte e dois pilotos no grid inicial). Em 60, mais quatro.

Em 1970, ano em que Emerson Fittipaldi estreou na categoria, três pilotos morreram, inclusive o companheiro dele na Lotus, o alemão Jochen Rindt, aos vinte e oito anos. Isso, sem contar as numerosas mortes de espectadores e funcionários de pista, como em 1961, em Monza, mesmo autódromo em que morreu Rindt, quando a Ferrari de Wolfgang Von Trips rodou e saiu da pista cercada de espectadores, matando treze deles na hora antes de se esfacelar e dar cabo do aristocrático piloto, que poderia ter sido campeão da temporada se ganhasse a corrida. Ou seja, catorze defuntos numa só corrida.

Em outras categorias importantes do automobilismo, como a de protótipos e carros de marca modificados, a situação não era melhor. Nas Vinte e Quatro Horas de Le Mans de 1955, por exemplo, a Mercedes do francês Pierre Levegh voou em chamas na direção das arquibancadas e matou oitenta e quatro espectadores, piloto incluso. Oitenta e quatro mortos!

Agora, imagine se, digamos, "apenas" 15% dos jogadores de um campeonato de futebol que disputam as primeiras partidas por seus times não chegassem vivos ao cabo da última partida. Em 2013, por exemplo, no Brasileirão, foram quatrocentos e quarenta jogadores, entre os titulares e reservas de vinte times. Ao soar o apito final, além de se comemorar a vitória do Cruzeiro, teríamos que chorar a morte de nada menos que sessenta e seis jogadores! Sem contar outro tanto de baixas no público pagante.

Pois bem, Niki Lauda voltou às pistas para as últimas corridas do campeonato com uma cara tão avariada pelas queimaduras que faria o Fantasma da Ópera se sentir o Alain Delon quando jovem, tudo como vemos no filme. Com toda essa zica, no entanto, já tinha acumulado suficientes pontos antes do acidente para levar a decisão do campeonato à última corrida do ano contra seu mais próximo rival, James Hunt.

Numa situação dessas, atualmente, qualquer piloto com chances de abocanhar o campeonato da F-1 observaria um resguardo monacal nos dias que antecedem a última e decisiva corrida do ano, tomando suquinho de frutas, dormindo doze horas diárias num aposento insonorizado, malhando na academia, praticando pilotagem num simulador e colocando a mente em estado de máxima concentração para estar hiperfocado e nos trinques psicossomáticos na hora do larga. Nada de prazeres emolientes, nada de excessos dissolventes. Sexo, nem pensar. Nada de esbanjar energias preciosas que poderão ser cruciais nas últimas voltas ao volante de um carro desgastado pelo ritmo alucinante da corrida.

E o que fez Hunt, o Pancadão?

Conta Rubython que o maluco chegou duas semanas antes da corrida ao Japão, onde logo tomou a providência de arrebanhar um total de trinta e três aeromoças (eu disse trinta e três!) no lobby do seu hotel em Tóquio para uma megassuruba de catorze dias regada a álcool, pó e fumo, a tríade de bagulhos que o nosso Tim Maia chamava de "triátlon", como conta Nelson Motta na sensacional biografia (*Vale tudo*) que escreveu sobre o mitológico cantor e compositor brasileiro. O triátlon do Hunt era, na verdade, um tetrátlon, pois incluía sexo adoidado, e durou até a véspera do GP. É como se tivessem arrancado o Hunt de um orifício feminino pra socá-lo no cockpit — the pit of the cock: o poço do caralho, poder-se-ia traduzir — da sua McLaren. E não acho improvável que, ao ver o piloto tentando botar o capacete, algum assessor tenha lhe sugerido com a devida fleugma britânica: "Não prefere apagar o baseado antes, Mr. Hunt?"

É bem verdade que na esbórnia com as aeromoças, nas paradisíacas alturas daquele quarto de hotel, Hunt teve a companhia de seu melhor amigo, o campeão de motociclismo Barry Sheene, outro doido de pedra, uma redundância quando se fala em pilotos de moto. Suponho que a bagunça não deva ter incluído todas as trinta e três garotas de uma só vez, pois elas tinham que decolar a trabalho em algum momento. Mesmo assim, a uma média de 2,3 xotas diferentes por dia, deve ter sido uma maratona sexual e tanto pro piloto, então com vinte e nove anos e dono de um carisma e de uma aura midiática com suficiente poder para atrair aquela plêiade de aeromoças, que, de tão moças e tão aéreas, não fizeram nenhuma questão de resistir ao garboso Pancadão e seu amigo motoqueiro.

No domingão, debaixo de chuva pesada e diante da principal arquibancada do autódromo, lotada de gente, Hunt também caprichou. Pra começar, sacou seu azafamado pingolim pra fora e esvaziou a bexiga com a maior naturalidade, o que lhe valeu os aplausos da plateia em delírio. Lendo essa história, me ocorre que o Pancadão só pode ter cheirado umas linhas no autódromo de modo a espantar a ressaca e se manter desperto, tendo como efeito colateral rebaixar-lhe ainda mais o já bem raso superego. Tanto que, logo depois da mijada pública, protagonizou uma cena um pouco mais íntima, flagrada pelo projetista inglês Patrick Head, hoje um dos sócios da equipe Williams.

Segundo Head, ao entrar no box da MacLaren, ele viu Hunt num canto não muito discreto, de macacão arriado até os tornozelos, a lubrificar seu eixo cardan nas internas da rebimboca da parafuseta de uma receptiva grid-girl japonesa. Ao topar com seu conterrâneo, Hunt apenas riu e deu sequência à função, como se ainda estivesse na privacidade orgiástica de seu quarto de hotel. Só então embarcou no "poço do caralho" do seu M26, debaixo de um dilúvio tamanho que a direção da prova viria a encurtá-la pela metade.

Quando a quadriculada desceu, o Pancadão estava em terceiro lugar, posição mínima pra garantir o campeonato por apenas um ponto de vantagem sobre Lauda, que, intimidado pelo aguaceiro, preferiu abandonar a prova. Achou, com toda razão, que ele já estava bem de acidentes graves por uma temporada e não se animou a arriscar o pescoço de novo na última corrida, sendo que era até muito provável que o Hunt, pancadão como era, viesse a se estabacar pelo caminho e o título lhe caísse no colo, mesmo com sua Ferrari estacionada no boxe. Mas não foi o que rolou.

Quando, por fim, emergiu das trepadantes, ops, trepidantes comemorações do título e desembarcou em Londres, Hunt estava num tal pileque que precisou ser escorado pela mãe e pela namorada pra não desabar no chão diante dos flashes de toda a imprensa inglesa e mundial, fora os membros do governo e da nobreza que foram tietá-lo. Vale notar que, no começo desse mesmo ano, Hunt tinha perdido a mulher, a linda Suzy Miller, com quem estava casado não fazia nem um ano. Quem achou a loira desconsolada foi o ator Richard Burton, por quem Suzy se apaixonou durante uma das muitas e prolongadas ausências do marido farrista. Isso tá lá no filme.

O que só o Rubython conta, porém, é que Burton, separado pela milésima vez de Liz Taylor, houve por bem amaciar os brios córneos do futuro campeão oferecendo-lhe um milhão de dólares, fortuna apreciável em 1976, a título de "despesas jurídicas". O veloz Pancadão, pouco talhado para a vida conjugal, aceitou o gorjetaço do conterrâneo dando pulos de alegria, como se estivesse comemorando uma vitória no topo do pódio, segundo testemunhas citadas por seu biógrafo. E aposto como ainda organizou uma surubinha regada a champanhe e bagulhos variados pra comemorar.

Pode ser que você esteja pouco se lixando pra F-1, o que eu até entendo e apoio. Não é o meu caso, contudo, escravo que sou ainda hoje de uma velha fixação infantil por carros. Fui menino nos automobilísticos anos JK e frequentador assíduo das grandes corridas de Interlagos, onde cheguei a acampar às margens da pista, como era hábito na época, durante uma edição das "Doze horas", a de 67, se não me engano. Naquela ocasião, cheguei a circular pelos boxes vendo de perto pilotos como Emerson, seu irmão Wilsinho, Bird Clemente, Camilo Cristófaro (o "Lobo do Canindé"), seu parceiro Eduardo Celidônio, Anísio Campo, José Carlos Pace, Élvio Ringel e outros malucos velozes ao volante dos Karman Ghias da equipe Dacon, de carreteras malucas, de DKWs e Fuscas envenenadíssimos, das Berlinetas Willis e Alfa-Romeo, da Lola de Abílio Diniz e seu irmão Alcides, além de outras muitas carangas míticas dos meus sonhos juvenis.

Tenho tentado em vão superar essa fixação por automobilismo de competição que me compele a assistir na TV a corridas de F-1 no geral previsíveis e soníferas, com apenas alguns picos de genuína emoção esportiva. Mas vício é vício, supera todo bom senso, inclusive o senso do ridículo.

De fato, corrida de automóvel é a coisa mais deseducativa que existe, especialmente no Brasil, onde quarenta e seis mil pessoas por ano perdem a vida em acidentes envolvendo veículos automotores, cifra relativa a 2012. Como, então, prestigiar um esporte no qual os competidores passam o tempo todo ávidos por se ultrapassar em manobras arriscadíssimas, a velocidades absurdas, dando e levando pancada atrás de pancada, de todo grau de intensidade, e saindo milagrosamente íntegros de carros destroçados que os teriam matado ou mutilado de maneira horripilante apenas duas décadas atrás — é o que eu mesmo costumo me perguntar.

Não faz o menor sentido e eu me prometo todos os anos não mais perder aquelas vinte e duas manhãs ou madrugadas de domingo vendo corrida na TV, e mandar às favas Vetells, Hamiltons, Alonsos, Massas, Raikkonens & cia. Por ora, no entanto, quero acabar de ler *Shunt*, sentindo a cada página folheada o cheirinho característico de gasolina de alta octanagem. E, claro, de borracha queimada, que, no caso do Hunt, não vinha só dos pneus da baratinha.

Onan, quem diria, foi parar no dr. Irajá

Marlon, personagem da *Fazenda 4,* reality show exibido pela TV Record com uns caras e umas minas confinados numa propriedade rural em comunhão nem sempre consensual com vacas, bodes e galinhas, confessava, dia desses, que não se aguentava mais de tesão. Não vi a cena, mas li a respeito nesse grande balaio de inutilidades que é a internet.

"Preciso me aliviar", extravasava Marlon num tom nada brando. "Vou pro cinco contra um!"

Você não conhece o Marlon? Nem eu. Quer dizer, agora até que o conheço por fotos e notícias estampadas na página inicial do meu provedor. Marlon é uma celebridade moderna, isto é, aquele tipo de pessoa que busca e encontra canais para expor suas mais desinteressantes intimidades em ampla escala na mídia, entre as quais esta: a necessidade de socar uma pra "se aliviar", já que até ali nenhum orifício humano recreativo se abrira diante do desejo de tão minúscula celebridade.

Seu companheiro de confinamento midiático, João Kléber, um apresentador de TV que desfruta há mais tempo da condição de celebridade, aproveitou a deixa pra declarar que também ele iria muito em breve fazer justiça com as próprias mãos. Raquel Pacheco, a gloriosa Bruna Surfistinha, outra célebre participante do mesmo reality show, aproveitou para declarar em juízo e no ar que estava abusando sexualmente de si mesma já fazia um tempinho. Taí, aliás, um livro que a Surfistinha está a nos dever, do alto da pilha de machos por ela abatidos em ação na época em que se dedicava a fornicações comerciais como garota de programa: *Eu me amo: minha vida de prazeres comigo mesma.*

Ok, eu sei que andam acontecendo meia dúzia de coisas um pouco mais importantes no mundo real, mas, mesmo assim, fiquei tocado, sinceramente tocado, ao tomar conhecimento desses desabafos pró-onanistas por parte dos estressados participantes daquela experiência de convívio bigbroderiano em que tédio e mediocridade se unem para criar um dos espetáculos mais idiotas na face da Terra desde os happenings hippies nas décadas de 60 e 70.

(Estarei sendo injusto, arrogante, elitista e impermeável às manifestações mais populares da neomodernidade midiática? Sim, devo estar. Foda-se.)

O onanismo, como se sabe, é uma espécie de doutrina bíblica cujos ritos costumam ser celebrados na solidão das fantasias de cada indivíduo dotado de libido, imaginação e pelo menos uma boa mão disponível, fora das vistas condenatórias, sarristas ou taradas do mundo externo, embora tais ritos possam também ser oficiados em duplas, trios e demais formações poligâmicas, com grande proveito para as partes envolvidas e chacoalhadas. Mas é mesmo da velha punheta individual que se trata aqui.

Pra começo de conversa, isso de chamar o antigo vício solitário de onanismo é flagrante injustiça pra com Onan, segundo filho de Judá, o chefe da tribo israelita homônima. Onan foi, na verdade, adepto do coitus interruptus, que ele praticava com a cunhada viúva, mulher de seu falecido irmão mais velho, com quem se casara seguindo as tradições da tribo. Só no final do ato é que ele recorria à "manuelização", termo, aliás, utilizado em 1917 pelo pioneiro da sexologia no Brasil, o dr. Hernani de Irajá, que, se você não conhece, vai conhecer já, já.

O que Onan fazia, de fato, era puxar a benga pra fora no epílogo do coito e, com uma punhetinha adicional, gozar fora, evitando assim engravidar a mulher. A razão dessa torpe manobra era não perder a chance de herdar o trono quando seu velho pai morresse, uma vez que, pela antiga lei mosaica, o filho da viúva do primogênito com o irmão mais novo deste era considerado sucessor do falecido patriarca.

Se você achou complicado entender essas relações de parentesco bíblicas, deixa pra lá e continue lendo a partir do próximo parágrafo. Em todo caso, pra resumir a ópera, Onan queria ser rei e não tinha nenhum interesse em fazer um filho com a viúva de seu irmão primogênito, com quem fora obrigado a se casar, pois esse filho seria declarado o novo rei da tribo de Judá, no lugar dele, Onan, segundo filho na linha sucessória. Por isso é que ele sacava a rôla pra fora da vulva da viúva, mesmo sendo ela uma uva, manuelizando-se antes de gozar fora.

Por causa dessa malandragem de Onan, consta que Deus o fulminou com um raio ou algo cinematográfico do gênero. Teria vindo daí o mito adolescente de que os excessos manuelinos, como diria o dr. Irajá, debilitam o organismo do onanista até a anemia mais profunda, muitas vezes seguida de óbito do inveterado "manuel". Prefiro a versão mais benigna segundo a qual o onanismo desvairado apenas excita a capilaridade na palma da mão, embora eu tenha razões pessoais de sobra para crer que isso não seja verdade. Se fosse, todos os carecas praticariam com afinco os mais radicais contorcionismos circenses de modo a conseguir se manuelizar com a calva, em que pese o risco de quebrar o pescoço.

Mas os tempos são outros e Marlon, João Kleber e Bruna Surfistinha não precisam temer a ira divina nem a erupção de uma comprometedora pilosidade na palma da mão. Ou na ponta dos dedos, no caso da Surfistinha. A punheta tá liberada nas democracias liberais do planeta, mesmo ao vivo na TV. De fato, são muitas as vozes iluministas que têm se levantado em favor do onanismo, com ou sem coitus interruptus com a cunhada viúva. Segundo Lily Tomlin, atriz norte-americana e paleontóloga amadora, "Temos razões para crer que o homem assumiu a postura ereta de modo a liberar suas mãos para a prática da masturbação".

É uma tese respeitável. Mas quando vejo meu gato lambendo o próprio pau, e às vezes o cu também, não me parece que a promoção a bípede tenha sido de tão grande valia pro gênero humano. Se os seres humanos pudessem fazer isso com a regularidade e a tranquilidade com que faz o meu gato, e à vista de todo mundo, algumas coisas haveriam de mudar nos padrões de relacionamento entre os sexos, não te parece?

Outro luminar em matéria de sexualidade humana, o cineasta Woody Allen, que, como Nelson Rodrigues, nasceu para ser citado, declarou: "Não ataquem a masturbação. Trata-se de sexo com alguém que eu amo." Essa é velha. Mais velha é a do Karl Marx, pra quem "a filosofia está para o mundo real assim como a masturbação para o sexo", máxima que seria mais ou menos retomada um século depois por Sérgio Motta, o falecido ministro das Comunicações e guru político de Fernando Henrique Cardoso, quando disse que a então primeira-dama Ruth Cardoso cometia "masturbação sociológica" ao acusar o partido de seu marido, o PSDB, de fazer alianças que lhe pareciam espúrias com políticos de direita oriundos da ditadura. Dona Ruth, como Onan, saiu da cena política rapidinho, fulminada por um raio emanado do Palácio do Planalto — ou do Alvorada, mais precisamente. FHC tinha que governar no dia seguinte, depois do café da manhã, e não queria treta com seus aliados indigestos.

Mas e o dr. Hernani de Irajá? Pois é, esse médico gaúcho radicado no Rio de Janeiro publicou na primeira metade do século XX algumas dezenas de obras sobre sexualidade, com grandes tiragens, que ainda podem ser encontradas em sebos. São, em geral, aqueles livros antigos, com páginas xifópagas que o leitor tinha que cortar nas laterais para abri-las. Veja bem, o leitor de antigamente andava armado com um punhal, chamado de corta-papel, o que devia inspirar os escribas d'antanho a caprichar ao máximo no texto. Ninguém queria ter as tripas perfuradas por um leitor insatisfeito.

Mas o dr. Irajá agradava em cheio seu leitorado. Os livros dele foram republicados por décadas e se deixam ler hoje, quando resgatados de um sebo, como paródias de livros de autoajuda escritas do além pelo Bussunda e tentando soar como ciência. Em *Psicoses do amor*, por exemplo, "estudo" publicado em 1917, de que eu possuo uma reedição de 1954, o dr. Irajá esclarece, sempre com alto senso didático, que a "masturbação ou manuelização compreende todos os derramamentos de esperma fora da cópula normal e fecunda". No entanto, concede o dr. Irajá que a manuelização pode ser considerada normal no ser humano, "desde que praticada sem exageros".

O busílis da perrengosa questão é que o dr. Irajá, além de ignorar as mulheres em sua definição, não chega a precisar qual seria a periodicidade normal, qual a exagerada, com que se pode promover "derramamentos de esperma fora da cópula normal e fecunda". E é nesse quesito que os reality shows ao estilo BBB (Big Bronha Brasil) podem ser um prato cheio pros fiéis leitores do dr. Hernani de Irajá, que neles encontrarão farto material para observação in vitro de certas anomalias do comportamento sexual humano.

É só ficar de olho nos Marlons, Klebers, Surfistinhas e celebridades assemelhadas que povoam essas verdadeiras sessões de lobotomização em massa sob os altos auspícios de algum gigante varejista. No caso da *Fazenda 4*, pude constatar que as celebridades às voltas com o onanismo apresentavam de forma nítida e inequívoca os mesmos sintomas tão bem descritos pelo estro literário e científico do dr. Irajá nesta curta, mas iluminadora reflexão colhida em *Psicoses do amor*:

"O onanismo enfraquece as faculdades mentais. Não raro, veem-se jovens inteligentes tornarem-se apáticos e débeis mentais. O indivíduo distingue-se pelo ar pensativo e triste, andar vagaroso, falta de ação e de querer."

BBBingo!

O pênis, esse glorioso factótum

Um belo dia, lá pelo final da meninice, você acorda de pau duro. Muito bem. Voilá o mandrová ereto a pedir que você tome uma providência a respeito. Não é nada além de sangue injetado pelo tesão nos canais cavernosos do seu pênis, mas vai dar muito trabalho pela vida afora lidar com aquilo. Namoros, ciúmes, casamento, filhos, carência, rolos mil. Tudo por causa de uma simples ereção. No princípio, você mesmo pode dar conta do fenômeno, tipo *do it yourself.* Mas você logo descobre que se uma mulher te ajudar a lidar com o impaciente objeto tudo fica bem mais prazeroso. E complicado, ao fim e ao cabo, mas *c'est la vie,* como diria Brigitte Bardot e a minha prima Valéria que estudava francês na Alliance Française e em quem, num dos confusos dias da nossa adolescência, dei uns beijos num cinema. Não lembro que filme passava. Nem lembro se eu tinha mesmo uma prima chamada Valéria. Mas lembro dos beijos e da ereção envergonhada que eles me provocaram dentro de uma imitação barata da cueca Zorba que mais parecia uma sacola de supermercado com furinhos na bunda.

Pois então, o fato é que a primeira ereção consciente, fremente, latejante, urgente e ejaculante a gente nunca esquece. Pro homem, é o ato fundante da sua identidade masculina. O equivalente, na mulher, à primeira menstruação. O *Cogito ergo sum* cartesiano, na era pós-freudiana, virou "Pênis, logo existo". E, acredite, digo isso sem a menor jactância machista. É só uma constatação banal. Tão banal quanto uma ereção adolescente.

O assunto é antigo. Japoneses e hindus, por exemplo, idolatram há milênios esse ícone da fertilidade e do prazer que é o pirilau teso. Se você for a Kawasaki, província de Kanagawa, no Japão, no primeiro domingo de abril, vai topar com desfiles de alegres japas carregando andores onde repousam enormes estátuas de pênis eretos apontados pro céu. Trata-se do Kanamara Matsuri, ou Festival do Falo de Aço, denominação que remonta à lenda de um demônio sacana que se escondia na vagina das jovens da aldeia para castrar às dentadas os incautos caralhos que se intrometiam por ali. Até que um ferreiro veio com a ideia de forjar um falo de aço para trincar os dentes do demônio.

E aqui vai uma importante dica socioturística: se você for conferir in loco o Kanamara Matsuri e vier a se engraçar por uma guria local, a ponto de se ver na cama com ela, convém fazer-se preceder por um dildo de aço antes de introduzir nela o seu ちんこ. Como se pronuncia? *Pirôka*.

Não, não, tô zoando. É *chinko*, uma gíria leve e não muito chula. Existem também as variantes *chinbo*, *chinboko* e *chinchin*. Sei que na hora de chamar a moça na chincha, digo, no chinchin, ela vai estranhar um pouco você tirar de algum lugar o falo metálico demonstrando séria intenção de meter aquilo nela antes de fazer uso do seu próprio instrumento de carne e sangue. De qualquer maneira, escolha um modelo um pouco menor que o seu pau, que é pra causar boa impressão quando você substituir o falso pelo verdadeiro. À falta de um mandrová auxiliar, de aço ou qualquer outro material menos agressivo, comece os trabalhos com uma boa e funda dedada. Se a dentuça do demo entrar em ação, melhor perder uma ou duas falanges que o ちんこ, né!

Entre os hindus, é muito popular o culto ao *lingam*, ou falo, símbolo da potência criadora, da fertilidade e, cá entre nós, da velha e boa sacanagem. Existe até uma seita por lá, dos lingavantha, cujos adeptos trazem um ícone em forma de lingam pendurado no pescoço. Já ouvi em algum lugar a tese de que a gravata ocidental seria uma adaptação evolutiva desse lingam de pescoço. Não poria meu lingam no fogo pela veracidade dessa tese, mas, de qualquer forma, pensar nisso na hora de dar o nó na gravata pode gerar certo incômodo cognitivo nos temperamentos mais sugestionáveis.

Não muito tempo atrás, a velhice, certas doenças cardiovasculares e a prostactomia radical arrolavam-se entre as grandes inimigas do orgulho peniano. Ou da rôla, já que de arrolar se trata. A farra acabava ali. Mas, hoje em dia, a desfrutável fase genital da sexualidade masculina só termina, a rigor, com a morte do cisne, ou melhor, do ganso — ou, mais precisamente, de seu dono. Digo isso pensando não somente no livre acesso às modernas substâncias paudurogênicas, como sildenafila, tadalafila e vardenafila, presentes nos remédios antidisfunção erétil à disposição dos lingans recalcitrantes, e mesmo dos mais serelepes. Falo também da nova geração de antigas drogas injetáveis que cumprem sua missão com incrível rapidez e eficiência, mesmo que o cidadão esteja fazendo seu imposto de renda ou assistindo um vídeo sobre a vida dos pinguins imperadores na Antártida.

É o caso da papaverina, da fentolamina e da admirável prostaglandina, drogas já bastante conhecidas e receitadas, mas que se apresentam hoje com formulações novas e mais seguras. Aplicadas diretamente na base da glande, elas são capazes de fazer Tutankamon levantar do sarcófago, de cetro real em riste. E a agulha é tão fina que você mal sente que algo te pica a pica, dizem os aficionados.

Um amigo meu, setentão, que teve de deixar a próstata no lixo hospitalar e ainda pagar por isso, usa um bagulho injetável desses e me mostrou a seringuinha com as ampolas acondicionadas num estojo de isopor. "Você nem sente a picada", garante o trêfego geronte. "Você só precisa arranjar uma boa desculpa para se trancar por alguns minutos no banheiro, antes de fazer sua gloriosa entrada em cena de lança em riste."

Enfim — e aqui chego ao ponto onde imagino que pretendia chegar —, vamos combinar que, com ou sem drogas pró-priápicas, é verdadeiramente enorme, quase massacrante, a carga de responsabilidade depositada nesse mítico apêndice masculino. E com a agravante de que o homem tem de arcar com essa responsa praticamente até o fim de seus dias na Terra. Esse mesmo velho amigo meu lamenta, às vezes, sua longevidade sexual que o faz abanar o lingam pra qualquer rabo de saia que passe por perto, a ponto de ter engravidado tardiamente um desses rabos numa quadra da vida em que muito neguinho já pendurou as chuteiras, as bolas do saco e o velho e ensebado chinboko. Seu caçula temporão tem hoje treze anos, o que inspira no meu amigo uma reflexão preocupante: "Vou ter que pagar colégio pro Tiaguinho até quase os noventa anos", ele se lamenta. "Ou mais, se o moleque cursar uma faculdade paga e ainda resolver fazer uma pós." Ou seja, por causa de seu pau duro, meu amigo sacou que não poderá se dar ao luxo de morrer antes dos noventa anos. Faço votos pra que não morra mesmo. E também pra que não abuse daquela seringa, de modo a não fabricar mais dois ou três Tiaguinhos até lá.

Agora, vai perguntar pro meu septuagenário cumpadre se, ao invés de namorar e trepar, ele não preferia ter passado a última década a jogar bocha ou dominó, e a praticar tai chi chuan no parque do Ibirapuera. Não precisa perguntar, eu sei a resposta: "Nem fodendo!" Ou seja, nem fodendo ele teria preferido ficar sem foder, com o perdão pelo meu francês.

E haja pílulas e seringas. E, sobretudo, tesão. A mulher pode até ter a tal da "inveja do pênis", diagnosticada pelo dr. Freud, mas pelo menos não tem que carregar esse piano todo, nem quando jovem, nem ao envelhecer. Como bem observou a psiquiatra Carmita Abdo, coordenadora do Programa de Estudos em Sexualidade (ProSex) do Instituto de Psiquiatria do Hospital das Clínicas de São Paulo, "O pênis reúne os conceitos de procriação, prazer, virilidade e paternidade. Na mulher, eles estão separados entre o clitóris (prazer), útero (procriação), vagina (gênero) e seios (maternidade)".

Quer dizer, é muita responsa prum ちんこ só. Não é à toa que o carregam em triunfo pelas ruas de Kawasaki uma vez por ano.

Hay!

O tortuoso caminho do Terceiro Excluído até a Inclusão

Um dia, no auge de uma crise de ciúme por uma mulher, ciúme lupiciniano, arrasador, demencial, discuti com meu psicanalista, ou melhor, com sua voz incorpórea atrás do divã onde duas vezes por semana eu deitava meu coração partido e meus cornos em brasa, discuti com ele, eu dizia, o quanto a minha dolorosa cornitude, pessoal e intransferível, refletia a origem arquetípica do ciúme, comum a toda a humanidade. Eu queria sondar as ressonâncias clássicas daquela situação, arvorando-me em personagem de tragédia grecofreudiana. Sentia-me o Ulisses, o Aquiles, o Teseu da cornitude. Como diz o poeta Armando Freitas Filho, eu precisava "edulcorar o sintoma", fazer a neurose passar por estilo. Não podia aceitar que meu sofrimento emocional se encerrasse em si mesmo, arruinando meus dias e minhas noites, sem nenhuma grande compensação simbólica.

Com certa relutância, meu psicanalista se dispôs a uma releitura arquetípica da minha dor de corno. Primeiro, lembrou ele, vivemos a exclusão primordial, a que se dá por ocasião do nascimento, quando somos arrancados do oceano edênico do útero materno. Em seguida, vem o papi fornicador e te expulsa do regaço erótico e nutritivo da mami. O desalmado quer reaver a posse de sua fêmea, passado o puerpério, período em que a genitora é toda dedicada ao recém-nascido, pelo menos idealmente. O bebê se toca de que é o vértice mais fraco daquele triângulo amoroso ao se ver excluído do bem-bom materno pra ceder o posto ao titular masculino do casal, o fodão do pedaço, o pai. Fraco e indefeso, vira o terceiro excluído. O corno básico, em linguagem corrente.

Aí, você cresce, desloca o objeto do seu tesão pra outras mulheres e, quando vê, tá namorando uma delas, casando e tendo seus próprios filhos, que serão os próximos terceirinhos excluídos da longa série que começou lá atrás, com um bando de macacos libidinosos e espertalhões.

Então, vem um cara lá e, sem a menor cerimônia, passa a tua mulher na cara. E na vara. É um acidente de percurso que pode acontecer, tanto no plano do real quanto no das fantasias corníferas da sua cabeça, como aconteceu com o Otelo do Shakespeare, que, paranoico por natureza, e insuflado pelo sacana e ressentido Iago, acabou apunhalando sua amada Desdêmona, por achar que ela o estava traindo. Nesse caso, caberiam as sábias palavras de alguém que disse: corno não é nada, meu amigo, é só uma coisa que puseram na sua cabeça.

Pode ser, pode ser, mas é uma experiência desagradabilíssima que, de qualquer maneira, a gente já teve lá na mais tenra e vulnerável infância, segundo meu psicanalista, quando te excluíram da cena sexual primária protagonizada por papai e mamãe, como já disse. No fundo do ciúme o que está em jogo é aquele trauma primário da exclusão do peito e do leito materno por decreto-lei do pater terribilis. Não por outro motivo os filhos planejam e por vezes executam a morte do pai, pobre pai: pra ficar com a mãe só pra eles. Em geral isso acontece apenas no plano simbólico: você tenta superar o pai e se investir de poder pessoal pra poder conquistar não mais a sua mãe, mas outra mulher que te dará amor e carinho, o que inclui xereca, boquete e um orobó de vez em quando, mó de vareiá um pouco.

Só que, agora, você quer ter a mesma exclusividade que seu pai reivindicava lá na sua tenra infância. Você quer uma mulher pra chamar de só-sua e passa a ser inadmissível ficar de fora, enquanto um outro lá deita e rola com ela, com a tua mãe/mulher. Tal possessividade exclusivista não passa, então, de um eco neurótico do passado remoto. É a porra do ciúme arquetípico em ação. O medo de virar o terceiro excluído. E com esse nome popular estigmatizante ainda por cima: corno.

Meu psicanalista tentava, pois, aplacar minhas terríveis dores córneas argumentando que todo mundo já foi o terceiro excluído, leia-se, corno. Hippies e skinheads foram terceiros excluídos. Gerentes do Bradesco e poetas parnasianos foram terceiros excluídos. Putas e cafetões, padres e freiras, rabinos e aiatolás, dervixes, pais e mães de santo, e até vestais gregas já foram terceiros excluídos. O Sarney, veja só, foi terceiro excluído. Nabucodonosor também, ambos na mesma época, calculo. Quem mais? Ah, sim, ele próprio, o psicanalista.

Por essa e por outras é que eu admiro caras como Jeff Koons, o artista plástico americano que andou por aqui outro dia, convidado pras comemorações dos sessenta anos da Bienal de São Paulo. Koons se casou e teve filho com uma mulher pública e notória, a Cicciolina, nos anos 80. Você deve se lembrar da Cicciolina, nome de guerra da Ilona Staller, a desenvolta atriz pornô húngara, radicada na Itália, que chegou a se eleger deputada no parlamento italiano pelo Partido Radical. Puta deputada, diziam dela com um sorrisinho sacana.

Como batalhadora das causas que abraçou, até que a Cicciolina demonstrou ser de fato uma puta deputada. Feito malabarista ideológica, agitou várias bandeiras, como o fim da energia nuclear, a criação de impostos ambientais e a legalização da prostituição. Meteu-se tabém com direitos humanos e dos animais, com educação sexual nas escolas e com sei lá mais com que outras causas meritórias. Embalada pela enorme repercussão midiática da sua atividade parlamentar, fundou o Partido do Amor. Mas não conseguiu nunca mais se reeleger na Itália. A putaria política tradicional acabou por rejeitá-la. Puta parlamentar tem que ser respeitosa, e não escancaradamente puta, como a Cicciolina.

Sim, porque, enquanto era deputada, a dona Ilona Staller não deixou de protagonizar os filmes de sacanagem que ela mesma produzia, pérolas da mais alta cineputaria, como o clássico *Banana e chocolate*, onde podemos vê-la saboreando uma variedade peculiar de banana split, que alguns chamariam com propriedade de banana sucked, ou o inolvidável *Ascensão e queda da imperatriz romana*, no qual contracenou inadvertidamente com John Holmes, ator pornô célebre por sua descomunal ferramenta de trabalho e que morreria logo depois de Aids. Embora não tenha exatamente tirado o cu da reta nas cenas com Holmes, a Cicciolina teve sorte de não pegar o famigerado bichinho.

Na época do seu relacionamento com a pornostar e já então ex-deputada, Koons produziu uma série de esculturas, pinturas e fotografias onde o vemos em franca atividade sexual com sua legítima patroinha, de modo a incorporar o espectador em sua intimidade conjugal. Diante do casal Koons-Staller transformando em arte suas trepadas ninguém se sente o terceiro excluído. Estamos todos incluidíssimos. Não à toa, Koons batizou sua série de *Made In Heaven* (Produzido no Paraíso) ao exibi-la na Bienal de Veneza de 1990, fazendo corar até as águas poluídas do Grand Canale. Hoje essas trepadas artísticas valem dezenas de milhões de dólares nos leilões internacionais. Excluídos estão, não os filhos, mas os que não podem pagar pelas obras de Mr. Koons.

Cicciolina à parte, o conceito de terceiro excluído (*tertium non datur*, em latim) foi emprestado pela psicanálise à velha lógica aristotélica, segundo a qual ou uma coisa é A ou é não-A. Não pode ser meio A. Não existe uma possibilidade intermediária. Ou seja, ou se é o pai ou não se é o pai. Se for o pai, não é o filho. Se for o filho, não é o pai. E só o pai é que pode chegar no bem-bom da mami. O filho não pode. Dizem os psicanalistas, recapitulando o que já foi dito, que a gente tem mesmo de ser excluído da cena primária pra poder encarar a vida adulta e buscar outros rabos de saia fora de casa. Além de aprender a descolar o leitinho de cada dia de outra fonte que não a teta da mamãe. (Alguns felizardos conseguem mais tarde grudar nas tetas da nação, mas esse é outro papo.)

Na vida real, porém, muita gente passa a vida esperneando contra a exclusão arquetípica, que nunca engoliram direito. Era o meu caso naqueles negros dias de ciúme doentio. Não por outra razão, o conceito de terceiro excluído é invocado para explicar uma pá de comportamentos humanos tidos como desviantes, além do já citado ciúme, suprema e inevitável aberração. O voyeurismo, por exemplo, poderia se entendido como o desejo de participar simbolicamente do casal do qual se foi excluído no passado. Por isso o voyeur quer tanto espiar os outros trepando. A bissexualidade, por sua vez, seria o impulso de ora seduzir a mãe, ora o pai, buscando ingresso de qualquer jeito e maneira no nheco-nheco conjugal dos genitores. Clubes de swing entram no mesmo balaio.

Os clubes de swing, aliás, constituem o caminho mais à mão para se tentar uma reinclusão rapidinha na tal cena primária (papai traçando mamãe). O sujeito leva a patroa pro swing porque deseja inconscientemente reproduzir as relações afetivas e sexuais das quais foi excluído pelo pai, pleiteando, dessa vez com êxito, sua inclusão tardia na lambança. Nem é necessário explicar que, nesse esquema, a esposa ou namorada vira a mãe no inconsciente traquinas do swingueiro. Agora ele poderá ver sua *mãelher* sendo desfrutada com alegre despudor por outro homem sem tomar um chega-pra-lá do desfrutador. Se calhar, até entra na dança também, já que há sempre algum orifício recreativo sobrando nessas situações, da mami ou até do papi, se for o caso. Sem falar na chance de faturar na boa a mulher do próprio cara que tá faturando a sua.

Num clube de swing não há terceiros excluídos. Ou, por outra, são todos cornos e passam muito bem, obrigado. Trata-se de uma rebelião contra a lei excludente do pai e a favor do incesto praticado com a mãe. E você ainda pode tomar cerveja e uísque a vonts durante a cerimônia de inclusão. Bem melhor que a mamadeira de leite Ninho que te dão quando passam a te negar acesso ao maternal peitão.

Como diz o velho sábio da montanha mineira, ô vida cumpricada do caraio.

As tartarugas tântricas

Um dia o cartunista Caco Galhardo leu uma entrevista do roqueiro Sting na qual ele se vangloriava de passar até cinco horas ininterruptas em atividade sexual com sua parceira, graças às técnicas de autocontrole erótico derivadas do tantra ioga que proporcionam ao homem horas a fio de ereção impecável e animus fornicandi de leão em tempo de acasalamento. Baixando o jornal, meu amigo Caco ruminou aquela informação até chegar a uma pergunta que endereçou a si mesmo: "Pra quê?"

Veja, o Caco não duvidava da palavra do Sting, que, bem a propósito, quer dizer zangão ou ainda picão em tradução fuleira. Só que ele não conseguia ver a graça em ficar cinco horas trepando sem parar. E sem tirar, conforme insinuava o Zangão do picão doidão. E ainda por cima com uma senhôra que há vinte anos é sua fiel parceira de folguedos sexuais, uma loiraça enxutérrima em seus sessenta aninhos, chamada Trudie, ela própria mestra de tantra iÔga, como parece ser correto dizer tanto na Inglaterra como em BertiÔga.

Mas, ao contrário dos adeptos dessa antiga modalidade transcendente de fuque-fuque desenvolvida na Índia há uns dois ou três milênios, mais ou menos (em se tratando da Índia, país de castas imutáveis, mulheres de sári e vacas sagradas, um milênio a mais, um a menos, não faz muita diferença), Caco afirma que, fosse ele o fodão tântrico, em algum momento da prolongada fode-lança iria fatalmente sentir fome, cansaço, tédio, vontade de mijar, de dar um barrão, de ver futiba na TV, de qualquer outra coisa que não foder, foder e foder a mais não poder — foder.

Ao contrário do Caco, e de outros bichos que se reproduzem sexualmente, como este que vos fala, certos animais podem ficar muitas horas, senão dias cavucando sem parar na fêmea, com o inteiro beneplácito de madame, aliás. Uma vez, anos atrás, junto com amigos e seus filhos, levei minha filha mais velha, então com quatro anos, ao parque da Água Branca, em São Paulo. Logo ao entrar, topamos com o viveiro de umas tartarugas enormes, no qual um dos megacascudos, trepado no casco da sua amada, ocupava-se em meter-lhe uma longa e esquisitíssima trolha em formato de arraia com asas espadanantes, ou assim me pareceu. Nunca tinha visto nada assim e não pretendo ver de novo. O tartarugo imiscuía sua vararraia por trás e por baixo da fêmea, através de alguma fenda oculta na couraça da fofa. Claro que a minha filha, no candor da sua rósea infância, perguntou-me o que tanto as tartarugas estavam fazendo, uma trepada na outra. Fazendo tartaruguinhas, respondi, também com a máxima candura possível.

Deixando para trás as tartarugas em seu idílio cascudo, passamos as três horas seguintes no agradável parcão paulistano com ares rurais, onde se realizam leilões e exibições de cavalos e gado, e que era um dos meus destinos preferidos nos fins de semana ensolarados na época em que eu tinha filhas pequenas. Andamos no trenzinho que fazia o tour do enorme terreno, a gurizada se esbaldou nos brinquedos do parquinho, comemos cachorro-quente, nos lambuzamos de algodão-doce e sorvete, fomos ver uma exposição de filhotes de cachorro, gato, hamster, iguanas e tartaruguinhas aquáticas, na saída da qual, aliás, tivemos alguns previsíveis momentos de choro e malcriações por parte da criançada porque nós, os pais, não queríamos comprar filhotes de nenhum ser vivo que tivesse de ser alimentado com ração especial só pra cagar tudo depois em algum canto da casa.

Daí, andamos mais um pouco pelas intermináveis alamedas do parque, tendo já que carregar uma ou outra criança mais sonolenta e manhosa no colo, distraindo nosso olhar com os macaquinhos à solta nas árvores e, sobretudo, com as jovens e belas mamães que também passeavam seus filhotes. Porém, como nem eu nem meus amigos estávamos em condições de lhes oferecer nossas bananas — refiro-me aos macaquinhos, é claro —, atrelados que estávamos a filhos e patroas, seguimos em frente, já pensando em encerrar o passeio.

No fim da tarde, pois, devidamente passeados e alimentados, tocamos pra saída lateral do parque por onde havíamos entrado, passando de novo pelo viveiro das tartarugas tântricas. Lá estava o mesmo casal encouraçado ainda na função, ele a patinar com as patas da frente na couraça escorregadia de sua amante, com sua arraia peniana trabalhando sem descanso a oculta cloaca da parceira. E a coisa ainda parecia bem longe do fim. Às vezes as tartarugas (ou seriam cágados? — dúvida cruel e proparoxítona que ora me assalta) emitiam uns chiados tétricos que deviam significar:

"Vai fundo, Alfredão! Não para!", exortava a fêmea.

"Cala a boca, Berenice! Assim você me desconcentra", resmungava o incansável varão.

Me passou agorinha pela cabeça que os antepassados daquelas tartarugas ou cágados da Água Branca talvez tenham inventado o tal do sexo tântrico e, de alguma forma, repassado tal sabedoria aos humanos, que, afinal de contas, também são animais, e do tipo sempre interessado em novidades eróticas. Ou, quem sabe, pelo contrário, foram iniciadas nessas refinadas artes por algum tratador iogue ali do parque, tendo se tornado tartarugas tântricas, bem mais lúbricas que as tartarugas ninjas, que só querem saber de pizza e artes marciais.

Pois façam bom proveito, as tartarugas tântricas, se ainda estiverem lá na Água Branca, mais de duas décadas depois, promovendo o estranho espetáculo da reprodução de sua espécie. O mesmo desejo pro Sting, de quem só invejo o talento e a grana, pois, definitivamente, a exemplo do Caco Galhardo, não aspiro a um fôlego sexual que me faça ficar cinco horas a cavucá a perseguida da minha criolá, como diria Clementina de Jesus, muito embora eu viva pensando em sexo, acordado e dormindo, e tanto que às vezes suspeito que é o sexo quem está a me pensar.

O curioso é que, dias depois dessa minha conversa com o Caco, bati os olhos numa notícia de jornal relatando uma ocorrênca policial em Phoenix, Arizona, EUA. Reagindo a denúncias de vizinhos, a justa baixou num tal de Templo da Deusa (*Temple of the Goddess*), espécie de seita religiosa cujo objetivo prepúcio, digo, precípuo, é difundir a "sagrada cura sexual", tendo por base justamente a tantra ioga. Olha aí outra vez o danado do sexo tântrico! — pensei, intrigado com a coincidência e disposto a me inteirar melhor daquela história.

O Templo da Deusa, fundado e liderado por Tracy Elise, ex-dona de casa do Alasca, de seus quarenta e oito anos, era pra ser mesmo uma igreja, mas não chegou a ser reconhecida oficialmente como tal, malgrado os esforços da "deusa" Tracy. O que pegava ali é que uma sessão de "cura do bloqueio sexual" à moda tântrica podia custar ao devoto até seiscentos e cinquenta dólares, detalhe que motivou a intranscendente polícia local a rotular tal prática de putaria pura e simples. E levou todo mundo em cana. Tracy, a "Mãe Mística", como também se faz chamar, foi taxada de cafetina e suas colaboradoras de charlatãs e prostitutas, apesar de serem conhecidas no Templo da Deusa como "trabalhadoras corporais, assessoras sexuais, curadoras intuitivas e terapeutas tântricas certificadas", entre outros nobres qualificativos.

Mas, afinal, são ou não são putas as templárias da deusa? Ao meu ver, não são, sem deixar de ser, e vice-avesso do verso reverso, se me faço entender.

Essa Tracy Elise, antes de mais nada, é uma figuraça. Coroa já beirando os cinquenta, de petchones respeitáveis, ancuda, coxuda e bunduda, numa noite vadia, com dois ou três martínis na moringa, você não a jogaria aos tubarões se ela surgisse em sua linha de tiro. E a Tracy tem uma história e tanto pra contar.

Depois de um casamento de doze anos, em Fairbanks, Alasca, que lhe rendeu três filhos e a sensação de que a vida era só frio, cansaço e tédio, Tracy, seguindo um chamado divino, mandou a família plantar batata — ela, que tinha sido a Rainha da Colheita de uma prestigiosa feira agrícola do Alasca — e atravessou o Canadá ao volante de uma Dodge Caravan de segunda mão para iniciar uma vida de aventuras e bicos variados nos Estados Unidos, entre os quais se incluía um pouco de viração clássica pra segurar o básico da existência, até aportar em Phoenix com mil e duzentos dólares na bolsa e a missão de oferecer aos declinantes machos locais a "sagrada cura sexual neotântrica".

Segundo a Mãe Mística declarou a um jornal de Phoenix, "eu estava na minha casinha, num conjunto habitacional, passando roupa e vendo um documentário no canal A&E sobre a Simone de Beauvoir e todos os amantes que ela teve. Pensei lá comigo que eu nunca ia ter uma vida tão excitante quanto a dela".

A partir dessa epifania a cabo, Tracy Elise passou a frequentar uma livraria espiritualista de Fairbanks que promovia palestras sobre anjos, auras e habilidades psíquicas em geral. Também ouvia fitas com pregações do líder espiritual indiano Deepak Chopra enquanto preparava o jantar da família. Daí a embarcar na Caravan e se mandar de casa foi um passo — quase ia dizendo um piço, e não estaria muito longe da realidade.

A nova ordem religiosa, fundada em 2005, emplacou total, e tanto que, em 2008, Tracy abriu uma filial do Templo da Deusa em Sedona, também no Arizona, estado que, por ela, poderia se chamar Ali-Zona. Em 2009, porém, um novo empreendimento tântrico sob sua égide, em Seattle, acabaria enquadrado pela polícia. Ao abrigo do manto religioso hinduísta, as meninas sob o comando da Mãe Mística, também conhecidas pelo singelo rótulo de "deusas", ofereciam aos fiéis pagantes modalidades de cura que incluíam "massagem tântrica", "mimos eróticos" e "plenitude corporal absoluta". A mesa de massagem era chamada de "altar da luz" e a velha e boa cama de "altar elevado". O Templo da Deusa também oferecia seminários tipo "Maestria em Masturbação: como superar o vício em pornografia" e "Liberando a Ambrosia do Orgasmo". (Hummm!) Orgasmo, aliás, é o conceito-chave da nova religião. "O orgasmo é um momento sagrado e divino", afirma a deusa Tracy. "Você atinge a paz absoluta, não teme a morte e não vivencia a experiência da falta ou da separação."

Bacana, eu diria. Nada a ver com as entediantes maratonas de cinco horas de ripa na chulipa, ao estilo do Sting e das tartatugas tântricas do parque da Água Branca. O negócio ali era a plenitude do gozo, algo que o comum dos mortais alcança em questão de minutos, ou até de segundos, os mais afoitos, descontado o tempo gasto no ritual da pegação ou do jantar à luz de velas, se o sujeito é um velho e incurável romântico.

Tirando a "contribuição" de três dígitos, em dólar, que é de bom-tom ofertar ao Templo da Deusa por cada sessão neotântrica, admito que fiquei interessado no lance. Até porque as deusas — são sempre duas a atender cada fiel — não têm origem no basfond, sendo, ao contrário, moçoilas de família que exerciam honestas e modestas profissões, como contadora, despachante, enfermeira e bancária, antes de aderirem à igreja da ex-dona de casa do Alasca. Várias dessas deusas, ou terapeutas tântricas, são igualmente ex-mães de família em fuga de seus tediosos lares, como a própria Tracy. Quase todas continuam no xilindró lá em Phoenix, a Mãe Mística à frente, já que a justiça americana não aceitou o argumento de que o Templo da Deusa, por ser uma ordem religiosa, deveria se valer da liberdade de culto garantida pela primeira emenda da constituição do país.

Mas qual era o problema real com a Tracy Elise e suas deusas sexuais tântricas? — me perguntei eu, como também você deve estar a matutar. Afinal, lá nos States, tá cheio de boate com centenas de milhares de quengas se oferecendo aos clientes, do mesmo jeito que no Brasil e em centenas de outros países. E tá tudo mais ou menos certo. Ao mesmo tempo, pululam por lá seitas e igrejas as mais doidas imagináveis, regidas por autoproclamados pastores e bispos que ameaçam a humanidade com o fim do mundo na próxima semana caso um número significativo de fiéis não se disponha a orar e a contribuir com polpudos dízimos pra subornar Deus e convencê-lo a adiar o Juízo Final. E a turma também não se amola muito com isso.

Mas, no que a criativa Tracy teve a ideia de misturar as duas enfermarias, o sacro e o sexo, com a mediação da santa grana, deu merda. Americano é muito careta, mesmo. Pra eles, religião é religião, putaria é putaria. Foi na mistura das duas coisas que a porca torceu o rabo e as deusas entraram em cana. Além do quê, segundo devem ter pensado os puritanos de plantão, se a moda pega, todas as donas de casa entediadas e malcomidas da América vão acabar batendo à porta do Templo da Deusa em busca de emprego, prontas para oferecer aos machos disponíveis e solventes da nação umas colheradas da divina ambrosia do orgasmo. E aí? Quem vai cuidar do júnior, fritar o bife, lavar as cuecas e passar as camisas? É por isso que a justa levou as deusas tântricas em cana, pra garantir que Deus continue abençoando a América, e não as fogosas deusas tântricas.

De quatro na Bundolândia

"Tem culpa, eu?"

"Ele está louco de raiva."

"Você tem que se cuidar mais."

"Ele chegou há pouco de fora."

"No alto daquele cume / Plantei uma roseira / O vento no cume bate / A rosa no cume cheira. // Quando cai a chuva fina / Salpicos no cume caem / Formigas no cume entram / Abelhas do cume saem."

Gostaria de saber quantos leitores ouviram de cara os ecos subtextuais dessas frases formando os velhos trocadalhos do carilho da imorredoura turma do fundão da quinta série. E quantos acharam nelas sintomas de algum transtorno psíquico com graves implicações dissociativas no plano da linguagem da minha confusa parte. Esses últimos, que pela lógica devem ser os mais jovens, haverão de ter alguma razão a meu respeito. Já a turma do fundão leu de cara:

"Tem cu pa eu?"

"Ele estalou o cu de raiva."

"Você tem que esse cu dar mais."

"Ele chegou a pôr o cu de fora."

Quanto ao poeminha manjado, é foneticamente óbvio onde o vento bate, os salpicos da chuva caem, as formigas entram e as abelhas saem: no e do cu de quem recita o poema, claro.

Os cultivadores desse tipo de humor vintage, chamemo-lo assim por caridade, devem ser os mais velhos, e até os bem mais velhos, ou filhos e netos dos caras mais velhos que ouviam o pai ou avô dizer essas bobagens de época e as repetem, com poucas chances de serem entendidos pela galera desconectada do passado machista e cu-centrado da macholândia brasiliensis.

O que provavelmente estou querendo dizer é que, além dos psicanalistas, que costumam enxergar o cu nos mais improváveis lugares, o fato é que não dá pra subestimar o número de homens brasileiros, héteros ou gays, que vivem com o cu na cabeça. O cu está em alta, sempre esteve, pelo menos entre nós, como diz a em tudo insuperável Ana Pands (google nela!), autora, até onde eu sei, desse mantra curioso — "O cu está em alta" — que vai na contramão do senso comum. Ledo engano. O cu é um dos fulcros, por assim dizer, do inconsciente coletivo tupiniquim, se é que inconsciente coletivo tem cu.

O Brasil tem várias famas nas praças internacionais, nem todas lá muito edificantes, como a de país de botocudos atrasados, corruptos e violentos. Uma das mais benévolas, todavia, é a de ser a pátria do bundalelê, um Walhalla moreno povoado por guerreiros em eterna suruba com índias ou efebos em pelo — ou ambos ao mesmo tempo —, numa total permissividade étnica e transgênere, debaixo de um sol euforizante e à vista de um mar azul que lava os pecados do mundo junto com os genitais do banhista já no primeiro mergulho. Terra de mulheres sempre jovens e em constante disponibilidade sexual, morenas todas elas, mesmo quando loiras. Porque, no Brasil, a gente sabe que até as loiras são morenas. E bundudas, inapelavelmente bundudas. O ícone máximo da nossa sexualidade, numa visão turístico-primeiro-mundista, é a bunda feminina, epitomizada pelas nádegas siliconadas da passista da escola de samba, e não as tetas femininas, como nos Estados Unidos, ou o pau do homem, caso de vários países do mundo, desde as mais piciricas eras — ops, priscas eras.

Já falei aqui do culto ao pênis no Japão e na Índia, e até nas cavernas do paleolítico já foram encontrados desenhos de caralhos, como em qualquer porta de banheiro de posto de beira de estrada ou de escola pública de periferia. Até num lugar supostamente recatado como Portugal celebra-se todo ano, na cidade de Amarante, a festa de São Gonçalo, com farta distribuição de falos eretos de massa de pão recobertos de calda de açúcar, devorados com fervor boqueteiro pelas carolas de bigodeira e lenço preto na cabeça. É a pica doce do santo, que traz notórios benefícios aos devotos que a saboreiam, em especial um propalado incremento na virilidade dos homens, se se dispuserem, eles também, a cair de boca na guloseima fálica, e na fertilidade das mulheres.

Entre nós, porém, tirando, talvez, certas tribos da Amazônia, o objeto coletivo e simbólico do desejo não é o santo caralho. Aqui, repito, preferimos reverenciar aquelas duas esferas de músculo e gordura cindidas por um vale convidativo, denominado rêgo, que abriga um orifício tão fetichizado quanto interdito: o olho do cu.

Toba e tabu.
E o totem?
Enfia no cu

— como poetaria um trocista pornopoético.

Pois é, meu caro, adentramos de vez e até o cabo o tão polêmico quão mitificado cu, enquanto objeto de estudo, é claro, para além da mera proctologia. O grande ensaísta Norman Brown, guru erudito dos anos 60, disse a respeito do cu e seus atributos simbólicos um negócio inquietante em seu clássico *Vida contra morte*, análise freudiana da civilização repressora que nos deforma e faz paçoca dos nossos instintos primários ao sublimar de forma insidiosa e não raro truculenta todos eles. Esse livro do Brown, aliás, era item obrigatório na bolsa de couro cru de qualquer hippie ou revolucionário letrado de vanguarda nos anos 60 e 70, ao lado de *Eros e civilização*, de Herbert Marcuse.

Norman Brown sustenta no *Vida contra morte*, num capítulo sugestivamente intitulado "A visão excremental", que a analidade sempre foi muito mais reprimida do que a genitalidade, em todas as épocas e por moralistas de todos os matizes. Por aqui, onde uma abundância de bundas transborda todo dia dos mais variados suportes midiáticos, ou, ao vivo, no rebolado das bundudas nas ruas, praias, florestas, montanhas, campos, caatingas e cerrados, o cu, ainda assim, rima fortemente com tabu, paradoxo cultural — a sociedade condenando aquilo que ela mais deseja — que a leitura do Brown ajuda um pouco a decifrar. Mas não vou me alongar sobre isso agora. Vou me alongar é no tapete da sala, se me dá licença, que escrever anda me dando umas cãibras danadas no sobrecu.

Entretanto, continuando, tal fixação anal e sodomita, cultivada por legiões de machos que parecem viver correndo atrás do orobó das minas, não é privilégio brasileiro, a julgar pelo que escreveu V. S. Naipaul (*Uma casa para Mr. Biswas*), romancista de família indiana nascido em Trinidad, no Caribe, e radicado na Inglaterra desde os tempos de faculdade, nos anos 50. Dono de um imponente Nobel de Literatura, Naipaul passou um tempo na Argentina, nos anos 70, experiência que lhe rendeu um artigo, "Os bordéis atrás do cemitério", publicado na prestigiosa *New York Review*, que enfureceu os argentinos. O hindu-caribenho-londrino afirmava naquele texto que a terra de Borges e Maradona "é uma sociedade governada por um machismo degenerado, segundo o qual lugar de mulher é no bordel". Mais à frente afirma que o machão argentino não perdoa o rabicó de sua fêmea: "O sexo normal, facilmente negociado, não quer dizer grande coisa para o machão argentino. Para ele, a conquista da mulher só se completa quando ele a enraba."

Mas a vingança veio a galope. Os comedores de bife de chorizo devem ter soltado urros de euforia quando uma ex-amante de Naipaul, a anglo-argentina Margaret Murray, que havia largado marido e filhos para virar escrava sexual de seu ídolo literário, seguindo seus passos pelo mundo afora, contou pra quem quisesse ouvir, ao ser chutada pra escanteio por Naipaul, que o laureado escritor caribenho a espancava até ficar com a mão doendo. E mais: que ele muito se comprazia em visitar amiúde seu "mui especial local amoroso" — sim, lá mesmo, *the asshole*. Naipaul continuou com o Nobel, mas ficou sem moral como crítico do machismo sodomítico alheio.

Estive na Tangolândia um par de vezes, e não me pareceu um lugar especialmente cucentrado, como aqui na Sambundolândia. Até onde pude saber, eles não têm lá uma cantora popular como a Sandy, que passou toda a sua adolescência posando de namoradinha virgem do Brasil, até crescer, se casar e declarar com notável singeleza que "É possível ter prazer anal", sem especificar se descobriu isso antes ou depois do casamento. Ou se já tiveram um ministro louvado em público por uma pin-up rabuda como emérito papa-cu. Segundo a fogosa morena declarou numa entrevista amplamente comentada na época (os anos colloridos), sua excelência se comprazia em sodomizá-la literalmente por horas a fio, proeza de que poucos atores pornôs podem se gabar. Isso antes do Viagra. Talvez o bravo ministro até desse ordens pelo telefone ao seu chefe de gabinete enquanto, indômito Quixote, carcava na dócil bunda da sua Dulcineia del Bostoso.

São coisas nossas, são nossas coisas. Já no mundo anglo-saxão, branco e protestante, a chamada "variante árabe" é bem menos exaltada pela macholândia. Não é, que se saiba, nenhuma paixão nacional na Suécia, na Alemanha ou na Inglaterra, por exemplo. Pode até ser tão praticada quanto, e até mais do que aqui, sem, contudo, alcançar esse status de prática reafirmadora da macheza dominatrix, como acontece nos países latinos, o Brasil à frente — à frente e a ré, *por supuesto*. Pensei nisso ao ler há dias a já célebre e algo batida declaração do ensaísta e polemista inglês Christopher Hitchens, autor de *Cartas a um jovem contestador*. Diz lá o britânico: "As quatro coisas mais superestimadas da vida são champanhe, lagosta, piquenique e sexo anal."

Verdade quase indiscutível. Realmente, champanhe, lagosta e piquenique não estão com essa bola toda. No entanto, não poucos libertinos, cafajestes ou sujeitos razoavelmente normais já terão tido a oportunidade de sodomizar uma parceirinha entorpecida de champanhe. Ou, vá lá, de um prosecco baratinho, depois de um *déjeuner sur l'herbe* à base de lagosta.

Enfim, o já falecido Hitchens que me desculpe lá no céu dos incréus onde deve estar, mas um cuzinho bem dado e bem comido está longe de ser visto como algo superestimado na República Federativa do Brasil, apesar dos interditos de praxe que recaem sobre a analidade, como lembrou Norman Brown. Seja pelo prazer em si, seja por mera taradice, o cu continua, sim, em alta. Lembro, a propósito, o grande cronista e escritor Xico Sá comentando numa roda de notórios boêmios, na histórica Mercearia São Pedro, em São Paulo: "Nem sô muito chegado em sexo anal. Eu gosto é da gritaria!"

Esse é o Brasil brasileiro. Entre nós, até em anúncio publicitário o apelo anal surge, vez por outra, de forma tão ingênua quão sacana: "Cookie é bom!", apregoava um reclame de biscoito fino que eu li numa revista, mostrando um galã chegando por trás da garota-propaganda para envolvê-la num abraço afetuoso, enquanto a bela morde um cookie e pisca pra câmera. Sim, sim, cookie é bom, duvidar, quem há de?

Enfim, quando o assunto é cu, deparamo-nos sempre com um insondável mistério. Quer dizer, sondável até que ele é, sobretudo com o auxílio de um bom gel lubrificante. Mas o mistério permanece, ao fim e ao cabo. Afinal, o que de tão atrativo o povo enxerga naquela argolinha rugosa circundando o orifício terminal do tubo digestivo? A argola não passa de um anel de músculo chamado esfíncter, palavra derivada da mesma base grega de "Sphinx", que significa Esfinge. Quer dizer, o mistério vem de longe. Talvez os antepassados do grande Homero ficassem copulando com suas honoráveis senhoras por trás, como faz a maioria dos bichos, embora pelo canal reprodutivo, o que lhes oferecia a instigante visão do recôndito orifício no meio das nádegas da fêmea. E o orifício enrugadinho parecia repetir-lhes o clássico desafio da Esfinge: "Decifra-me ou enraba-me."

Freud diz que o ânus e tudo o que sai dele viraram anátemas quando a tribo humana deixou de andar de quatro feito bicho e assumiu a posição ereta, mantendo o nariz e os olhos longe do rabo alheio, como também salienta Norman Brown no *Vida contra morte*. O cu das companheiras, entretanto, ficou no lugar de sempre, sugestivamente próximo da xoxota. E o velho apelo anal restou encarapitado no sistema límbico do cérebro humano, especialmente o do brasileiro. Não por outra razão, um dos mais divertidos personagens da nossa literatura, o Serafim Ponte Grande, do romance homônimo de Oswald de Andrade, declarava sem papas nem pregas na língua, a páginas tantas, referindo-se à própria esposa traída e traidora:

"Enrabei dona Lalá."

Sorria: seu pênis está sendo filmado

A alma humana é insondável, dizem alguns. Já o corpo humano pode ser perfeitamente prospectado com o auxílio das modernas técnicas de diagnóstico por imagem, entre as quais as já corriqueiras sondas eletrônicas do tipo usado na endoscopia e na colonoscopia. Não sei se você já fez ou viu fazer esse tipo de exame. Sou freguês dele já faz uns anos, mas sempre sedado e, portanto, sem condições de me lembrar de alguma coisa. Mas sei o óbvio: o médico te enfia uma mangueirinha pela boca (a endo) ou pelo ânus (a colono), ou por ambos, sucessivamente, e fica admirando num monitor as paisagens viscerais do seu trato digestivo aclareadas por uma potente lâmpada LED e captadas por uma microcâmera, acopladas ambas à extremidade da mangueira. Essa extremidade é dotada igualmente de uma pinça em forma de laço que, no caso da colonoscopia, estrangula e extirpa eventuais pólipos encontrados pelo caminho.

Em geral tá tudo limpinho naquelas galerias violáceas, que vão da boca ao reto, e vice-versa, depois de vinte e quatro horas sem que o paciente tenha enfiado nada por cima e tomando laxantes pra forçar a saída de tudo que lá estava por baixo. Mesmo assim, sempre que faço os dois exames peço ao médico que comece pela endoscopia. É que, sabe, a sonda é a mesma...

E antes que você pare de ler isto aqui, perguntando-se, com toda razão, o que é que colonoscopia e endoscopia têm a ver com sexo ou erotismo, deixe-me dizer que existe outra modalidade mais avançada do mesmo exame em que eles te fazem engolir só a microcâmera do tamanho de uma pílula equipada com um microtransmissor de rádio. O negocinho se chama PillCam ESO e é tão preciso quanto uma endo/colonoscopia tradicional. Essa pilulinha esperta, uma vez engolida, escorrega por todo o tobogã das tuas tripas, do esôfago ao fiofó, por onde acaba saindo, um tanto atordoada, depois de transmitir para um receptor externo as excitantes imagens do seu eu interior, que muito se assemelham a um delirium tremens viscoso. Só que, ao invés de alucinar um ataque de lombrigas assassinas, como no DT, você viaja no interior de uma das lombrigas, isto é, das suas tripas, de carona na camerinha endocolonoscópica. O paciente, nesse caso, não precisa ser dopado e pode acompanhar toda essa emocionante aventura intestinal ou esôfago-estomacal pelo monitor da máquina, junto com o médico, se não estiver passando nada melhor em outro canal.

A questão, curiosa questão, é que essa prodigiosa microminicamerinha avulsa e engolível pode também ser afixada num órgão interno do freguês. Ou freguesa. No colo do útero, por exemplo, como um DIU espião, capaz de monitorar o eventual trânsito de objetos de variada natureza pela vagina adentro e afora, sejam artificiais ou carnais. E é justamente nesse ponto que a minha história começa, antes tarde do que nunca. É uma história curiosa. E verídica. Se você ainda estiver por aí, depois dessa colonoscopia toda, não é impossível que venha a achar a história até mesmo divertida. Por razões óbvias, como você verá, terei que omitir nomes.

Consta que um certo ginecologista de uma afluente cidade brasileira, amigo pessoal de outro médico, um respeitado, digamos, dermatologista, foi convencido pelo sujeito a instalar uma versão da indiscreta microcâmera nos cafundós da vagina da patroa dele. O dermatologista achava que sua mulher poderia ter um amante, mas não queria botar um detetive na cola dela, recurso que considerava brega e ultrapassado, além de constrangedor. Como o assunto da camerinha havia surgido numa conversa informal com o ginecologista, a ideia amadureceu.

Convencida pelo marido a fazer uma consulta com o ginecologista amigo dele, a mulher do derma seguiu direto pra armadilha. O maridão lhe despejara uma catadupa de argumentos científicos irretorquíveis, entre os quais o decisivo: o gineco tinha feito um curso nos Estados Unidos sobre protocolos de última geração para a prevenção do câncer ginecológico que praticamente blindavam as pacientes contra esse tipo de enfermidade. Não tinha o que discutir. Era ir ou ir.

A implantação da minicâmera foi realizada durante essa primeira consulta, em que o ginecologista convenceu a mulher do amigo a trocar seu DIU muito antes de findo o prazo de validade do dispositivo que ela usava. "Estou vendo aqui um incipiente processo inflamatório", mentiu o médico, depois de examinar o canal vaginal da esposa do amigo. E não demorou a fixar-lhe a camerinha indiscretíssima no colo do útero, usando inclusive seu DIU como suporte.

A microwebcam com transmissor de rádio foi adaptada de modo a enviar o sinal com as imagens intravaginais para a antena de telefonia móvel mais próxima, de qualquer operadora, usando a tecnologia 3G. Nada de muito diferente do que executa qualquer smartphone. O aplicativo que rege o brinquedinho, desenvolvido pelo próprio ginecologista em conluio com um hacker, "convence" a rede de células de telefonia móvel a captar, amplificar e reenviar o sinal da camerinha a um determinado número de smartphone. Basta o usuário digitar uma senha e acessar, em tempo real, as imagens intravaginais enviadas pelo aparelho. Simples assim.

Tortuosos são os caminhos virtuais de uma vagina real na ultravigiada era digital em que vivemos, onde em todo canto há uma camerinha indiscreta a vigiar seus passos e suas palavras, até na azeitona do seu dry martíni, se você estiver, digamos, num coquetel de políticos e empreiteiros — ou na vagina da mulher que você está penetrando, sem que a própria nem remotamente desconfie de estar carregando um olho espião encafuado na parte mais íntima da sua pessoa.

Fato é que, a partir daí, o ressabiado maridão viu-se tecnicamente gabaritado a monitorar o trânsito no canal vaginal de sua consorte durante cerca de vinte dias, tempo de duração da bateria, vinte e quatro horas por dia, seja lá onde ela ou ele estivessem, no Brasil ou no exterior, desde que no raio de alcance de uma antena de operadora de celular.

Não cheguei a ver nada disso com esses cúpidos olhos meus sedentos de novidades fesceninas. É coisa que ouvi de fonte fudedigna — ops, fidedigna —, uma testemunha televisual dos fatos, dermatologista, ele também, que conhece todo mundo envolvido nessa história: o ginecologista sacripanta, o maridão desconfiado e até a mulher do cara, a cinegrafista involuntária de sua própria vagina.

Minha fonte murmurante relatou o quão chocante foi o espetáculo exibido na telinha do iPhone do sujeito. Acontece que, inteiramente bêbado, amargurado e à beira do suicídio, num american bar de hotel em Hong Kong, durante uma convenção médica patrocinada por uma multinacional farmacêutica, o desarvorado dermatologista mostrou ao cara, na tela de seu iPhone, as mucosas íntimas de uma mulher sendo atacadas em tempo real por uma glande indômita na ponta do que se afigurava como um longo e grosso caralho.

"Minha digníssima", apresentou o infeliz, ao mesmo tempo em que salgava seu uísque com lágrimas de corno de opereta. "Só não sei quem é o filho da puta que tá comendo ela, agora, nesse instante, lá no Brasil. E sem camisinha! Sem camisinha, filhos da puta! E ainda por cima o desgraçado tem um pau muito maior que o meu! Bem maior! Eu mato! Eu mato! Eu... me mato..." E buáááá.

O animado vaivém do anônimo mandrová no canal vaginal da mulher do cara durou mais uns minutos até que as paredes da vagina tiveram intensas contrações e a porra esguichou abundante e gloriosa da ponta da glande invasora pra cima da lente espiã, num lance radical de experimentalismo cinematográfico. Era como se o protagonista de uma cena escarrasse ou vomitasse em cima da lente da câmera que o está filmando.

Verdade ou mentira? É o que você estará se perguntando, e é o que eu mesmo fui levado a me perguntar ao ouvir o relato confidencial da minha fonte indiscreta. Sei que essa história parece roteiro de algum episódio pornô-paródico do abilolado Agente 86. Mas minha fonte não mentiria, garanto. Eu sou capaz de mentir, mas minha fonte nunca. Ponho minha mão na fonte por ela. Digo, no fogo. Como já disse, o cara que me bateu essa também é médico, tipo sério, confiável, pragmático por excelência, avesso a delírios imaginativos. E praticante da mesma especialidade que o colega corno — o cornolega.

Contou-me ele também, como corolário da história, que o tal cineginecologista anda pensando em se associar a um detetive particular de grã-finos e oferecer o serviço ao vasto universo de maridos desconfiados de São Paulo e Rio, inicialmente. A ideia dele é realizar o procedimento em domicílio, com a paciente dopada pelo marido, noivo ou namorado, graças a um kit "Boa noite, Cinderela" fornecido com antecedência pelo próprio médico, com as devidas instruções. Assim que a esposa apaga, o marido paranoico aciona o nefando Esculápio videasta que entra em cena para implantar a camerinha, a qual será retirada vinte dias depois do mesmo jeito: mulher dopada, ginecologista em rápida intervenção clandestina, sendo que a bateria pode ser trocada e a microwebcam reposta pra funcionar por mais um período de tempo. Uma infâmia criminosa, sem dúvida, pela qual o ginecologista vai cobrar os megatubos. Coisa pra corno milionário.

De novo: dá pra acreditar nisso? Eu sei lá. Às vezes até as melhores fontes murmuram além da conta. Ma, si non é vero, é tecnologicamente verossímil pra chuchu. Há na internet pelo menos um exemplo assaz eloquente ao alcance de um clique. (Procure por *camera inside vagina*.) Não sei se ainda está lá, mas vale conferir. E já vou avisando que não se trata de nenhum selfie peniano de minha própria lavra.

Pelo sim, pelo não, deixo aqui o meu fraternal conselho ao dileto leitor: ao praticar o tradicional fuque-fuque com uma senhora comprometida, instrua o seu pênis a sorrir ao adentrar a cena vaginal. Vai saber se o charmoso carequinha não tá sendo filmado.

Em tempo: o suposto dermatologista não se matou nem matou a mulher. Apenas se separou dela, mas não das imagens ginecornológicas que preservou gravadas no celular e que às vezes, de porre, mostra a qualquer um que esteja a seu lado num bar, inclusive o próprio barman: "Minha ex-mulher", diz ele, revelando uma inusitada vocação pra tecnocorno de última geração.

Uma velha história inglesa

Quando os policiais entraram de manhã naquele quarto de hotel, em Earl's Court, no centro de Londres, acionados de manhã pelas camareiras que tinham ouvido gritos abafados de socorro (*Help! Help!*) vindos lá de dentro, encontraram um jovem Adônis, como foi descrito por uma camareira, aparentando uns vinte e cinco anos, nu em pelo, amordaçado e atado aos pés e à cabeceira da cama com fita adesiva, rescendendo a vodca barata e com o membro viril semitúrgido e um tanto esfolado, como se o tivessem submetido a fricções severas e sucções alucinantes. O belo mancebo parecia ter passado por maus bocados na noite anterior. E também, possivelmente, por uns bons boquetes. De qualquer forma, o tratamento que recebera parecia ter sido bastante intenso e algo heterodoxo, a julgar pelo dildo tamanho família jogado no chão, ao lado da cama, em máxima e permanente ereção. Noutro canto, foi encontrada a embalagem de plástico metalizado de um remédio contra a disfunção erétil, ainda relativa novidade na época (1998), com quatro casulos vazios.

Antes de entrar no quarto, polícia e funcionários do hotel já tinham reparado nos garranchos grafados a batom no verso do aviso de "Do not disturb" pendurado na maçaneta. A mensagem anunciava: "Viagra rape squad strikes again!" ("O esquadrão Viagra de estupradoras ataca novamente!")

Com baba seca grudada nas comissuras da boca e as pupilas dilatadíssimas, o jovem hóspede nu não falava coisa com coisa. Em suas roupas, espalhadas por toda parte, não havia carteira ou documento que o identificasse. Antes que ele recobrasse a plena consciência, o recepcionista noturno, um paquistanês de bigode regulamentar, informou às autoridades que a vítima do tal "rape squad" chegara ao hotel por volta da meia-noite abraçado a duas belas loiras que atuavam como suas muletas, tão mamado ele estava.

O tal recepcionista, um paki (abreviação politicamente incorreta de *pakistani*), relatou não ter se espantado com a cena, pois, afinal, era dezembro, mês das dionisíacas "festas da firma", quando a turma do escritório, homens e mulheres, costuma se enfiar no pub mais próximo pra encher a caveira até "the ass turns into a beak", como diria o Millôr Fernandes. Ou, se preferir, até o cu fazer bico. E, ao serem chutados pra rua, depois do badalar do sino que, por lei, decreta o fim da função nos pubs às onze da noite, é comum ver os mais chumbados dando entrada num dos hotelecos das cercanias, do tipo bed & breakfast, pois, sem condições de dirigir, pegar o metrô ou mesmo um táxi (taxista londrino nenhum aceitaria um vomitador em potencial, quando não já ensopado de vômito), correriam o risco de dar um apagão na rua em pleno inverno londrino, com temperaturas abaixo de zero, arriscando-se a uma pneumonia ou mesmo a morrer por hipotermia.

O trio, contou o recepcionista, solicitou um quarto do mais alto padrão disponível, pago em espécie por uma das loiras, que tirou o dinheiro de uma carteira masculina — do baratinado mancebo, sem dúvida. Ao vê-lo com as duas loirosas a caminho da escada (o hoteleco não tinha elevador), o recepcionista deve ter soltado um fundo suspiro de inveja e revolta, ponderando que, enquanto ele estaria ali de vigília a noite toda naquela droga de hotel por um salário de merda, o puto daquele bebum, em sua esplêndida juventude, boa-pinta e ótima condição social, passaria a madrugada se esbaldando com aquelas libérrimas libélulas platinadas num quarto bem aquecido com frigobar e canais pornô à disposição na TV, até dar um apagão em total conforto e segurança. Rangendo os dentes de raiva classista, só lhe restava assistir na sua minitelevisão a uma reprise de algum tedioso e interminável jogo de críquete do último campeonato sul-asiático. *What a fucking bloody life!* — ele deve ter imprecado, senão em inglês, em paquistanês mesmo.

O resto da história foi relatado pela própria vítima à polícia, quando pôde, afinal, juntar sujeito, verbo e predicado numa mesma frase. Médio executivo em ascensão de uma empresa sediada na City londrina, o rapaz comemorava o fim de ano numa típica festa da firma naquela gélida sexta-feira. Ao sair do banheiro do pub, depois de dar baixa em alguns litros de Guinness que lhe estufavam a bexiga, e antes de voltar à ruidosa mesa dos colegas, foi abordado pelas duas loiras nunca dantes por ele avistadas nem mais loiras nem mais disponíveis, as quais logo entabularam alegre e desabrida conversação com ele, oferecendo-lhe na moita fartas doses de uma garrafa de vodca que uma delas trazia na bolsa. A vodca, turbinada com alguma substância que lhe cancelou o bom senso, definiu a sequência da aventura.

Do pub festivo, com o jovem executivo já chamando urubu de meu louro e dando nó em pingo d'água, seguiram direto pro primeiro bed & breakfast das imediações, por sugestão das moças. O imprudente galã galinha nem teve tempo ou sequer a lembrança de se despedir do pessoal da firma. Se alguém o viu saindo com as loiras, isso ele iria descobrir só na segunda-feira ao retornar ao batente com uma tremenda história pra contar.

No quarto, a camaradagem rolou solta e consensual, entre copos e gargalhadas, até que as loiras vieram com aquele papo de "fecha os olhinhos e abre a boca, honey", depositando em sua língua o que parecia um punhado de pílulas, que ele foi instado a engolir com ajuda de mais um trago da vodca pirante das meninas. Relata o moço, pobre moço, que, a partir daí, suas desenvoltas companheiras propuseram amarrá-lo na cama com fita adesiva, nuzinho da silva, de modo a apimentar a transa com umas pitadas de sadomasoquismo cênico.

Aí o cara refugou. Não lhe parecia boa ideia ser amarrado numa cama por duas desconhecidas, mesmo loiras, gostosas e tão nuas quanto ele. Todavia, sentindo já fortes comichões sexuais no baixo-ventre, acabou se entregando à fantasia sadomasô das meninas.

Quando deu pela coisa, já atado e amordaçado, e padecendo de um priapismo atroz, viu-se vítima de abusos sexuais de toda ordem pelas mãos e bocas e xotas e cus das loiras-diabas, por horas a fio. Seu pau duro virou um joystick à disposição da sanha pornô das ativistas sexuais do rape squad. Já o seu ânus...

Sim, se toda a ação tivesse se concentrado no pirilau, seu prejú não teria sido tão grande, fora o sumiço do Rolex, da grana e do seu moderno celular (não havia ainda smartphones na época). O superconsolo tamanho

XG encontrado no quarto já sugeria que o rabo dele tivesse entrado na dança, e feio, como verificou o médico que o atendeu ainda no quarto do hotel. Sim, tinha havido um inegável estupro anal ali, e o ânus expugnado sem dúvida nenhuma tinha sido o dele. As loiras tinham feito serviço completo. O médico lhe receitou uma pomada e um analgésico para ser tomado antes das evacuações. Nos dias que se seguiram, o rapaz deve ter parado um pouco pra pensar nos sofrimentos que um estupro pode causar a uma mulher. E talvez tivesse sido esse mesmo o propósito das garotas do rape squad, afora fazer uma farra e levantar uma graninha às custas de um otário bêbado num pub comemorando a proximidade do fim do ano.

Nunca se soube, em toda a profusa riqueza de nuances, o que de fato se passou naquele quarto londrino no remoto e gelado dezembro de 1998. O tal médico que o examinou escreveu também em seu relatório que a dilatação excessiva das pupilas da vítima era compatível com os efeitos causados por drogas da família da metilenodioximetanfetamina (MDMA), como o ecstasy, em conjunção mórbida com o elevado nível etílico que se apurou em seu sangue, mesmo com todo o tempo transcorrido depois da última dose da mortífera vodca das loiras. O estado de confusão mental do rapaz ao ser resgatado corroborava com veemência tais hipóteses.

O tal esquadrão de estupradoras integrado por aquelas duas ferozes loiras anarcofeministas armadas com pílulas diabólicas e um caralhão sintético adquirido na gôndola sadomasô de um pornoshop fuleiro nunca foi identificado, muito menos localizado. E a própria vítima não quis prestar queixa na delegacia, preferindo o anonimato. Para a polícia inglesa, no entanto, configurou-se ali um claro, embora raro, caso de estupro de macho perpetrado por agressoras do suposto sexo frágil. Mesmo os tabloides sensacionalistas não conseguiram contactar a vítima, que logrou se pirulitar do hospital para onde foi levado antes que flashes abelhudos espoucassem na sua cara. Além disso, como se verificou depois, o sujeito tinha se registrado com um nome falso no hoteleco, o que as loiras devem ter feito também com toda certeza. Como nessa época não havia câmeras de segurança no modesto lobby do bed & breakfast de Earl's Court, a história toda se resumiu aos depoimentos da vítima e do recepcionista paquistanês.

Pergunto-me que fim terá levado o tal vibrador tamanho XG. Terá ficado em poder do médico, de algum policial, da própria vítima? Ou terá sobrado para o pobre recepcionista? Se ficou com o paki, posso imaginá-lo atrás do balcão com um balão sobre sua cabeça: "Porra, que vida escrota do caralho. As loiras se mandam, o Don Juan amanhece pelado, amarrado e doidão no quarto, vem a polícia, vem a ambulância, vai todo mundo embora, e olha só o que sobra na minha mão: um caralho de silicone sujo de merda! Cacete! Não foi pra isso que eu vim lá do Paquistão!"

Cara, sei não, viu. Se duas loiras gostosas e malucas te abordarem num pub londrino com atitudes e propostas libidinosas, a mais elementar prudência recomenda: fique esperto, bró. Ou *take it easy, man*, se estiver em Londres.

A eterna mulher de todos

Com suas atrizes de pele de seda e gestos de veludo, vestidas, ou melhor, semidespidas de finas rendas, cambraias e sedas, *L'Apollonide — Os amores da casa de tolerância*, filme de 2011 do cineasta francês Bertrand Bonello, deixou mais de um marmanjo com o pássaro desperto na mão e ardentes sonhos voando nos céus da imaginação erótica.

Trancafiadas num bordel chique em vias de encerrar suas atividades, as beldades de aluguel se entregam ao seu métier num clima de luxuosa, higiênica, pacífica e perfumada decadência, padecendo de um tédio delicado e chique — o baudelaireano *spleen* —, e sonhando, sem urgência ou desespero, sair um dia daquela cômoda e lucrativa prisão onde desempenham, dia e noite, o papel de objeto do desejo da distinta clientela.

O bordel do filme é inspirado num estabelecimento famoso da Belle Époque parisiense, nos estertores do século XIX, mas podia estar em qualquer lugar do mundo em que mulheres decidem alugar seus corpos e respectivos orifícios amatórios a homens com fogo nas breubas e dinheiro no bolso pra torrar com elas.

Cultuado pela crítica por sua primorosa estética — a mítica revista *Cahiers du Cinema* elegeu-o um dos dez melhores filmes de 2011 —, o filme de Bertrand Bonello não deixou, contudo, de receber algumas porradas por sua visão idealizada da prostituição de luxo, que não corresponderia à realidade da maioria das "maisons closes", ou casas fechadas, como eram chamadas. Por baixo de todo o glamour captado e exponencializado pelas lentes do cineasta francês, o que rolava era um cotidiano de doenças venéreas pavorosas e sem cura, brigas sangrentas por ciúmes, exploração violenta das mulheres por cafetões argentários e batidas policiais efetuadas com a brutalidade de praxe, rotina não muito diferente da vivenciada nos fodedouros populares, como testemunham documentos da época. A cafetina do filme, mulher fina, esclarecida, conscienciosa, que paga seus pesados impostos como boa cidadã prestante, a ponto, inclusive, de inviabilizar seu negócio, seria mera licença ficcional.

De qualquer maneira, a velha e boa putaria segue sendo uma inamovível realidade e um tema sedutor, seja em Paris, em Tribobó da Serra ou aqui em São Paulo mesmo. A historiadora Mary Del Priore, em seu tão saboroso quão informativo *História do amor* (Ed. Contexto), cita um estudo levado a cabo em 1845 por um médico carioca sobre a prostituição no Rio de Janeiro, no qual eram identificadas três categorias de meretrizes: as "aristocráticas", as "de sobradinho" e as da "escória".

As putas aristocráticas, vindas de tudo que é canto da Europa, "não esperavam clientes sentadas no sofá de veludo vermelho da 'maison close' ou do 'rendez-vous', mas eram mantidas em garçonnières privadas por políticos e fazendeiros abonados", escreve Del Priore. Essas eram as "francesas" genéricas, com nomes de guerra como Rabelotte, Suzi, Fonsecote, Marinette, Margot, Tati e Lyson, não necessariamente nascidas na França.

Mais conhecidas como cortesãs, dançavam o cancã nos teatros de operetas, encharcavam-se de perfume e champanhe, e deixavam-se cobrir de joias por seus "protetores", que também lhes pagavam todas as contas com uma prodigalidade que não costumavam exibir com suas legítimas consortes em casa.

As putas "de sobradinho", por sua vez, eram, na verdade, humildes trabalhadoras de lugares como hotéis e casas de costureiras. Podiam ser também tintureiras, lavadeiras e cabeleireiras que saíam à noite batendo calçada atrás de um reforço no orçamento doméstico. Já a "escória" se resumia a negras e mulatas, escravas ou forras, que militavam em casebres conhecidos como "casas de passe" ou zungus, e também nos "fundos de barbearias", alugados a preço módico às mulheres pelos barbeiros proxenetas.

Aliás, me pergunto se não viria daí a expressão "fazer cabelo, barba e bigode", no sentido de se fazer tudo a que se tem direito e mais um pouco na cama. O sujeito dizia em casa que ia ao barbeiro fazer "cabelo, barba e bigode", rindo-se por dentro, pois sabia que, num tempo de bigodudos compulsórios, o "bigode" da expressão era bem mais embaixo. Podia até sair barbeado do tal barbeiro, mas com o bigode intacto. E dá-lhe Elixir de Nogueira contra a sífilis, remédio obviamente ineficaz que trazia no rótulo a imagem de uma triste marafona coberta de cancros.

Alguém diria, cheio de razão, que o estado geral da putaria brasileira não mudou significativamente de lá pra cá, mantendo ainda as categorias apontadas por aquele médico carioca do século XIX. Puteiros "aristocráticos" fazem parte da paisagem urbana das grandes cidades. Surgem e trancam as portas de um dia pro outro, ao sabor dos modismos e circunstâncias variadas, entre as quais os instáveis arreglos com as autoridades conversáveis da nação.

Descendo alguns degraus da escala social, vêm os sobradinhos dos bairros de classe média onde as mulheres exercem seu métier com a discrição e a segurança possíveis. Você talvez não tenha se dado conta, mas na sua rua pode ter um deles — ou dois. (Se é que você não só já se deu conta como também... Bom, deixa pra lá. Pode ter alguém ouvindo nossa conversa, certo?) Daí pra baixo é o pega pra capá das bocas do lixo que inspiraram ao Chico Buarque os versos da canção *Mambordel*: "Ao povo nossas carícias / Ao povo nossas carências / Ao povo nossas delícias / E nossas doenças."

Como a venérea maioria dos marmanjos da minha geração, também eu andei às voltas com as meninas de vida airosa na juventude. Meu primeiro contato com uma delas, aos dezesseis anos, em 1966, foi pelas mãos — pela boca, mais exatamente — de uma modestíssima hetaira do final da avenida Rebouças, em São Paulo, onde, nas proximidades da esquina com a velha rua Iguatemi (hoje avenida Faria Lima), a antiga profissão era exercida à noite sob relativa tolerância propinosa por parte dos "hómi".

Eu pilotava ilegal e clandestinamente o fusca paterno, depois de dizer em casa que ia dar umas voltas no quarteirão. A profissa ao meu lado, recrutada numa esquina, prodigalizou-me um rápido trabalho de sopro numa escura transversal da Rebouças, pras bandas do Jardim Paulistano. Foi o primeiro boquete com que fui agraciado nesta vida marota, bastando para tanto abrir o zíper da minha calça, sem rodeios ou preliminares de nenhuma espécie. Beijo, nem pensar. Só meu pau pra fora e a putinha caindo de boca nele. Vapt-vupt.

Ato contínuo, com o resultado semilíquido do procedimento armazenado na boca, a puta abriu a porta do passageiro e, sem demasiada cerimônia, escarrou tudo no meio-fio, pedindo depois pra ser deixada no mesmo lugar "onde ocê me catou". Lembro que ela saiu do carro com um singelo "Tchau, bem. Aparece, viu?"

Aquilo, até onde me lembro agora, foi a minha grande estreia na vida sexual a dois, como deve ter sido pra milhões de garotos motorizados como eu. E aproveito a deixa para agradecer à Volkswagem, que produziu um verdadeiro motel rodante pra várias gerações de jovens brasileiros despertando para o sexo. E ao meu finado pai, claro, que comprou um fusca justo quando a testosterona começava a me esguichar pelas ventas e por outros canais competentes. Os fuscas brasucas estabeleceram uma nova categoria na prostituição nacional: o sexo automobilístico de classe média, categoria situada em algum ponto entre a putaria de sobradinho e a da escória, pra ficarmos na velha classificação oitocentista.

Cenas toscas como essa que eu protagonizei não fariam boa figura num filme chique como *L'Apollonide*. No máximo granjeariam a seu protagonista um epitáfio semelhante ao que o poeta português Manuel Maria Barbosa du Bocage (1765-1805) bolou pra si mesmo: "Aqui dorme Bocage, o putanheiro: / Passou a vida folgada e milagrosa: / Comeu, bebeu, fodeu sem ter dinheiro."

Bom, um dinheirinho no bolso até que eu tinha, da mesada que eu ainda extorquia do velho. Dava pro gasto de um boquete dentro de um fusca, em 1966. Não chego ao ponto de dizer "bons tempos aqueles". Mas, tirando a alavanca do câmbio e o freio de mão, que chegavam a competir com o pênis em matéria de intrusão nas reentrâncias anatômicas, tanto da mulher quanto do homem, até que dava prum jovem priápico e sua parceira se virarem bem dentro de uma fuqueta. Com papel higiênico à mão e umas eventuais doses de penicilina depois, ficava tudo certo.

Memórias da sauna gray

Há décadas eu vou, vez por outra, a uma famosa sauna do Bom Retiro, o velho Bonra, bairro paulistano que abrigou boa parte da comunidade judaica da cidade no passado e desde os anos 70 tornou-se reduto de outros grupos de imigrantes, em geral ligados às confecções, como coreanos e bolivianos, estes, não raro, escravos daqueles. O dono da sauna, das tradicionais, a lenha, parece que é italiano, metido também com pizzarias, o que faz todo sentido. Se aprendeu a assar discos de massa de trigo, por que não ganharia um dinheirinho extra torrando também os glutões que as devoram, e com a mesma tecnologia?

O ritual todo, pra mim, tem início na sauna seca, com uma arquibancada em três níveis, que sobem do chão, menos quente, até o teto, com temperaturas que ultrapassam os setenta graus centígrados. Naquele ambiente se abancam os peladões, na maioria velhuscos e abastados donos de protúberos ventres e vetustas carecas cercadas de madeixas grisalhas — madeixas "gray", pra fazer jus ao título da crônica —, além de carrões importados tão reluzentes quanto seus corpos molhados de suor.

Se você aparece por lá num fim de expediente, é de lei ser escalado de plateia involuntária de uma dessas típicas parolagens de sauna, com madurões e velhotes de pinto mole batoteando em voz alta aventuras sexuais, suas ou alheias, reais ou inventadas, impossível saber. Na minha última visita, dia desses, o mestre de cerimônias era uma figuraça que, com seu pelame simiesco, membros magros, peito afundado de asmático, melancólicas pelancas e barrigão de bola de basquete, muito me lembrou o Grinch do filme estrelado pelo Jim Carrey.

O tema geral do colóquio — a arte milenar da pulação de cerca — foi introduzido pelo Grinch suarento que, numa impressionante performance de stand-up comedy, diante da plateia de não menos pelados e suados cidadãos, com suas bundas assentes em toalhas molhadas, soltava uma saraivada de piadelhas de corno. Poucas eram novas pra mim — refiro-me às piadas, não às bundas, que me eram todas redondamente desconhecidas, mesmo as chapadas. A melhorzinha das piadas era a do marido troglodita que chega em casa à noite e encontra a mulher arrasada:

"Qual o problema, Soraya?"

"Valdemar, a Dita..."

"Saco! A empregada?"

"É..."

"Isso é problema seu!"

"Tá grávida..."

"Isso é problema dela!"

"E diz que o filho é seu!"

"Isso é problema meu!"

Alguns sauneiros riram um pouco, outros soltavam arremedos de risadinhas, uns tantos nem se esforçaram pra rir, ao contrário do próprio piadista, que, desfazendo-se em gargalhadas, revelava-se fã número um de si mesmo e de seu repertório de piadas de internet.

Nosso Seinfeld do Bonra logo teve a concorrência de um gordinho branquelo, baixote, recendendo a ramo imobiliário, que passou a nos relatar a triste e burlesca sina de um amigo dele que, ao voltar do banheiro, num restaurante de parrillas de Porto Madero, em Buenos Aires, pilhou por trás a patroa abrindo uma mensagem no smartphone. Era nada menos que a foto de um pinto duro que algum amigo mais íntimo dela generosamente lhe enviara. Viu como ela logo saiu da foto para entrar numa página de mensagem, onde grafou com dedões lestos: "Te amo, seu louco!"

Foi aí que o maridão traído arrancou o aparelho da mão da esposa infiel, substituindo a mensagem dela por: "Enfia no seu cu, filho da puta!" E deu um enviar. Daí escorreu o dedo pela touchscreen do aparelhinho até localizar a foto do animado detalhe anatômico do amante da mulher.

Foi então que, tomado de patológica fúria córnea, saiu pelo salão exibindo a foto do pau do seu comborço. (Pra quem não sabe, comborço é o amante da sua mulher, se porventura você tiver uma mulher e ela, pra sua desventura, tiver um amante.) Até pras crianças ele mostrava a foto berrando que "a vaca da minha esposa tá chupando e sendo fodida por esse caralho aqui, ó!".

Culpa de quem? Do Steve Jobs, claro, que botou no mundo o rei dos smartphones e seus aplicativos mágicos, imitado pelos demais fabricantes do aparelho. Mas como o seu Jobs já saiu de cena, não podendo mais ser imputado pelas cagadas conjugais que a sua invenção enseja, creio que a culpa só pode recair no colo da velha e incontrolável libido humana, que molha a xota das mulheres e enrijece o mondrongo da rapaziada, nem sempre de acordo com o código civil.

À medida que eu ia assando no calor daquela sauna, untado de suor, confesso que tive ganas de assumir eu mesmo a berlinda daquele teatro nudista masculino a sessenta graus centígrados de temperatura média e contar o causo de um jovem chapa meu, ocorrido há pouco tempo, durante a semana santa. Sua nova namorada tinha ido viajar pro interior com toda a família, por conta do aniversário de oitenta anos da avó, e o meu amigo resolveu dar uma ciscadinha na noite, só por esporte. Vai daí que, bêbado e faunesco de madrugada, num boteco de maluquetes e afins, ocorreu-lhe arrastar pra casa uma das gurias da mesa que estava lhe dando o mó mole.

A moça era uma jovem advogada solteira, liberada e briaca na medida certa, que não viu mal nenhum em dar uma queca com o animado Don Juan de ocasião num fim de noite de sexta-feira no apê dele, sendo que ele vinha a ser amigo de um amigo de não sei quem que ela conhecia, gente boa, tudo certo. Ela sabia vagamente também que o cara namorava firme a prima de outro alguém que ela mais ou menos conhecia. Mas e daí? A tal da namorada oficial estava ali por acaso? E que culpa tinha ela se o sujeitinho que a paquerava, tipo bem-ajambrado, tinha se deixado hipnotizar pela morenice exuberante de seus peitinhos libertos do sutiã burocrático e assaz vislumbráveis agora através do decote da camisa de seda?

No dia seguinte, ao vir à luz da manhã de sábado, a trêfega e algo ressacada causídica constatou que seu parceiro de folias brejeiras jazia ao seu lado na cama num consistente K.O. Na surdina, como compete às moças de fino trato, deu uma passadinha silenciosa no banheiro da suíte, de onde emergiu pingando da ducha rápida e calçando um par de surradas havaianas que achou num canto e lhe serviram à perfeição.

Eram claramente sandálias de mulher, talvez da tal namorada do tipinho que passara a noite com ela na cama. Mas que ser de classe média moderna iria se importar com o sumiço de um par de decrépitos chinelos de dedo nº 36 que já deviam ter ido pro lixo há muito tempo? Pelo sim, pelo foda-se, o velho e confortável calçado popular permaneceu em seus pés, enquanto seu elegante e incômodo par de sapatos de salto agulha, ao lado do comportado sutiã, jaziam esquecidos na bolsa.

Semanas depois, bem mais santas pro meu conhecido do que tinha sido a semana propriamente santa, ele se viu ao lado da namorada num conclave de amigos e chegados em torno de copos e garrafas, dessa vez numa tarde de sábado, num bar descolado da Pompeia. Tudo corria na mais etílica e santa paz, quando adentra o recinto e adere à turma, advinha quem? Lógico: a desenvolta advogada que tinha dado pro meu jovem amigo há pouco tempo e que, por imprudente coincidência, calçava justamente o par de havaianas vintage da namorada do mesmo cavalheiro ali presente.

A namorada-em-chefe identificou no ato seus amados chinelos, precioso souvenir da adolescência que ela tinha depositado em juízo no apê do namorado como prova de grande amor e também pra demarcar território, como soem fazer certas fêmeas da espécie. Eram as suas velhas e gastas havaianas, não havia a menor dúvida. Seguindo a moda de praia dos anos 90, quando era uma teenager descolex, ela tinha virado a palmilha branca do par de havaianas pra baixo, de modo a que a sandália ficasse de uma só cor, já que a parte de baixo tinha a mesma cor da tira, no caso preta. Hoje o fabricante já produz havaianas de cor única, mas na época isso era a mó chinfra praiana. Outro detalhe, porém, era matador:

uma fitinha vermelha do Bonfim que ela tinha enrolado numa tira do pé direito pra dar sorte. Por algum motivo, a ladra das havaianas não tinha arrancado a fitinha. Talvez pra dar sorte também.

Ao voltar da viagem familiar, finda a Páscoa, nem o namorado, nem a faxineira do namorado, nem Deus nem o diabo tinham conseguido explicar o sumiço do par das amadas havaianas. Agora o mistério se esclarecia à luz do dia: lá estavam as havaianas nos pés "daquela sirigaita".

Assim que a jurisconsulta sentou, cruzando as belas coxas, a havaiana do Bonfim pendendo da ponta do dedão aéreo, a patroinha do meu amigo, tomada de santa fúria, deu um bote certeiro e se apoderou do chinelo, quase levando junto o dedão, segundo relatos gargalhantes de testemunhas oculares da cena. Não contente, passou a distribuir vigorosas chineladas na cabeça do pulador de cerca, repetindo dúzias de vezes: "O que tão fazendo as minhas havaianas de estimação nos pés dessa vagabunda?!"

Bom, o barraco completo e suas consequências não interessam aqui. Posso afirmar, no entanto, que você não gostaria de estar na pele do meu amigo naquela até então alegre e pacífica tarde de sábado, num bar superlotado de gente disposta a se divertir com uma batalha conjugal a céu aberto, contanto que ninguém puxasse um berro ou uma faca, o que, de fato, não ocorreu. Quanto à advogada, parece que saiu de fininho, lépida e descalça, o que talvez até lhe tenha proporcionado um charme selvagem.

O namoro do meu chegado terminou ali. Pelo menos o manganão aprendeu que as sandálias havaianas podem não deformar, não ter cheiro nem soltar as tiras, como apregoava a antiga propaganda da marca, mas podem dar um puta rolo da porra se aparecerem nos pés errados em hora imprópria. Pensando bem, eu devia mesmo ter contado esse causo à adiposa e suarenta assembleia de macróbios grisalhos e peladões que assavam junto comigo na sauna do italiano pizzaiolo. Afinal, todo mundo ali calçava um par de havaianas fornecidas pela casa, nenhuma delas com uma história tão burlesca pra contar. E real, ainda por cima.

Bem-vindos à Era Hen

Há muitas coisas que as pessoas podem fazer com o sexo. Na verdade, alguma coisa as pessoas sempre têm que fazer com a porra do sexo, até mesmo tentar ignorá-lo sob o manto da castidade. Às vezes vive-se uma castidade forçada pelas circunstâncias: moléstia, velhice desabilitante, falta de grana, de liberdade, o que for. Aí, só resta ao casto forçado engolir em seco e fazer justiça com as próprias mãos, se tiver uma delas sobrando. Pode-se vender o sexo também, óbvio, ou usá-lo pra vender coisas, como atestam as mulheres gostosas da publicidade. Talvez seja impossível elencar todas as possibilidades de utilização do sexo. Outro dia o Gilberto Gil relembrava numa entrevista uma frase que, segundo ele, teria sido dita pelo Caetano Veloso: Sexo não é tudo, mas tudo é sexo. Não sei de onde o Caetano tirou isso, se é que a frase é dele mesmo. Seja de quem for, concordo 100%. Talvez 110%. Acho que Freud também concordaria, com ou sem aquele charuto pirocudo na boca.

E que mais se pode fazer com o sexo? Ah, sim: pode-se fazer sexo diretamente com alguém. É a chamada relação sexual. Ou foda, trepada, piço, picirico. Ou ainda cópula, conúbio, intercurso. Grande ideia, essa, que alguém teve no passado remoto e veio sendo adotada com destemor e, por vezes, até com amor pela espécie humana. É o melhor que se pode fazer com o sexo atualmente, sendo que, como já disse o pomposo Pompeia em seu *O ateneu*, a atualidade é a mesma em todas as épocas. A humanidade, aliás, deve muito a essa popularíssima opção do fazer sexual. Deve a sua existência física, por exemplo, além dos gloriosos momentos de pura curtição que os humanos vêm tendo ao praticar a submodalidade de relação sexual conhecida como sexo recreativo. *Ars gratia artis*, a arte pela arte, como está escrito em latim naquele anel que rodeia o leão da Metro-Goldwyn-Mayer. Ou *phoda gratia phodis*, em latim vulgarésimo.

Outra coisa se pode fazer com o sexo: trocá-lo pelo sexo oposto. Essa modalidade é bem antiga também. Não é de hoje que homens se fazem de mulheres e mulheres de homens, na aparência, nas atitudes e nas práticas sexuais. Mesmo não sendo nenhuma novidade, a troca de sexo, no entanto, sempre dá o que falar, mais até do que o simples troca-troca entre pessoas do mesmo sexo, também chamado de homossexualismo. Mas nem todo homossexual parece propenso a trocar de gênero. Dois homens na cama, ou duas mulheres, continuam sendo homens e mulheres ao se levantarem desse móvel metafísico onde se nasce, sonha, lê, trepa e morre. Há porém uma minoria significativa de homens que mudam de indumentária e até de corpo pra virar mulher, e vice- -versa. Isso, é claro, causa sempre mais rebuliço e perplexidade que a mera homossexualidade nos meios que a pessoa frequenta.

"O quê?! Aquela morena gostosa é o Juquinha da farmácia?! Rapá!..."

Ou:

"Brincou que aquele lutador de MMA bombadão é a Glorinha!"

No Brasil, temos o caso do genial cartunista Laerte, que já virou carne de vaca, de tanto que ele aparece na mídia para discutir questões de gênero a partir de experiência pessoal, mas ainda me deixa um tanto confuso, eu que o havia entrevistado para um programa de rádio e bebido com ele numa mesa de bar na sequência, junto com outros amigos, apenas poucos meses antes da transformação pública da sua persona visível. Sereno e discreto, o Laerte em versão masculina que eu conheci não era sequer afeminado.

Imagino o choque que a sua estampa feminina deve ter provocado em sua turma, das unhas longas pintadas ao salto alto que passou a usar meio que de repente. Sinal disso foi a tirinha do Angeli, grande amigo do Laerte, em que o cartunista desenha a si mesmo já ancião e entrevado numa poltrona, manta cobrindo-lhe as pernas, a recordar as mulheres de sua vida. Não lembro direito seus nomes na tira, mas é algo como "Joana, Margarida, Bia, Cláudia, Margô, Cris..." e assim por diante, até chegar no último quadrinho, quando, mão espalmada sobre os olhos, em sinal de constrangida admissão, ele cita a última delas: "Laerte!"

Mas o Laerte, até onde eu sei por suas entrevistas, continua e pretende continuar sendo dono de seus atributos físicos masculinos, ao contrário de outros célebres transgêneres pátrios, como Roberta Close, que ganhou bela homenagem musical do Erasmo Carlos, na qual é chamada de "inenarrável monumento", e da Lea T., o filho transexual do campeão do mundo de futebol, Toninho Cerezo, que desfila como maneca nas melhores passarelas internacionais da moda. Lea e Roberta não só botaram peito como cortaram o pingolim e "botaram buceta", como é mais conhecida na seara transgênere a chamada "cirurgia de redesignação sexual", nome oficial desse tipo de intervenção.

Claro que não só gays masculinos pensam em mudar de sexo. Muitas lésbicas já tiveram a mesma ideia e a puseram em prática. Uma delas é a ex-Lila, atual Lucas Silveira, não o vocalista homônimo da banda brasuca Fresno, mas sim o cantor e guitarrista luso-canadense de outra banda, The Cliks, de rock bem mais pesado. Na sua versão original, sob o nome de Lila, o atual Lucas era uma figurinha bem esquisita. Hoje, feito homem, não ficou menos esquisito, mas isso não é problema no mundo naturalmente estranho do rock'n'roll.

Herr Andreas Krieger, ex-lançadora de peso da extinta Alemanha Oriental comunista, é outra ex-mulher. O Andreas chegou a acusar seu treinador de *a* induzir quimicamente à mudança de sexo, quando era mulher, entupindo seu corpo feminino de hormônios masculinos pra turbinar seu desempenho atlético, algo muito comum entre os atletas olímpicos da antiga porção comunista da Alemanha, sedenta por medalhas que coonestassem seu comunismo arcaico e repressivo.

Outra ex-mulher famosa é o Chaz Bono (nascida Chastity, *Castidade* em português), escritor, ator e músico americano, originalmente filha da cantora e atriz Cher, que o/a teve com seu então marido Sonny Bono. Nas fotos, vemos Chaz como um gordinho simpático com um jeitinho meio gay. Não sei se Chaz virou mesmo um homem gay. Se esse é o caso, não deixa de configurar uma paradoxal ironia. Se a pessoa já era mulher, pra que virar homem gay? Não era mais fácil arranjar homem sendo mulher? É como se um travesti masculino encarnasse uma lésbica que só transa com mulher. Uma sapatíssima conhecida minha viveu amigada com um desses. Difícil entender como funciona. Nunca nem tentei.

Embora seja meio arrepiante a ideia de apresentar os genitais, masculinos ou femininos, ao bisturi, botar buceta me parece algo de mais fácil execução, do ponto de vista anatômico, do que "botar pau". Virar mulher depende de uma extração — de uma "pintoctomia", no caso — e não de um acréscimo. Mas, como é que se implanta um pênis numa mulher? Outra questão que intriga é: de quem era o pinto implantado? De um morto, certo? Porque não devem ser muitos os homens dispostos a vender seu pênis em bom estado de funcionamento só pra angariar uns milhares de dólares. Já por milhões, não sei não. Acho que teria uma fila de caras desiludidos com o amor a fim de se livrar de um problema na vida e ainda ficar milionário. E será que dá pra escolher o tamanho num banco de pênis? Os modelos maiores na certa devem custar bem mais caro. Outra questão é se dá para provocar uma ereção-demonstração no pênis em oferta, de modo a que o cliente possa fazer sua escolha com mais propriedade.

Grande, médio ou modesto, não deve ser nada fácil implantar um pau numa mulher, mesmo na mais greluda. Por outro lado, creio que o leitor está careca de saber como se planta metaforicamente um nabo humano na horta sexual de uma mulher que aprecia a leguminosa, atividade em geral incruenta e bastante prazerosa para ambos os parceiros. E não é preciso anestesia nem ir à Tailândia ou ao Marrocos, por exemplo, destinos comuns dos transgêneres radicais que apelam pra tal cirurgia de redesignação sexual. Além disso, as mulheres modernas, empoderadas e não mais apenas empoadas, há muito circulam por aí ostentando um falo simbólico, bem mais confiável que o falo de carne desossada que equipa o macho da espécie. O simbólico não broxa nunca, por exemplo. Pelo menos, não enquanto a mulher mantém a confiança no próprio taco fálico.

A propósito, lembro de uma célebre tirinha do Quino, genial cartunista argentino, em que a garotinha Mafalda, seu personagem mais conhecido, e o amiguinho Manolito puxam as cinturas da saia e da calça, respectivamente, e apontam pros seus próprios órgãos ocultos sexuais lá dentro.

"Eu tenho um desses e você não tem", gaba-se o garoto.

Mafalda reage, soberana, indicando sua periquita:

"É, mas, com uma dessas aqui, posso ter quantos desses aí eu quiser."

Essa história de mudar de sexo, como li outro dia num jornal, pode até acabar resultando numa insólita assexualidade. É o caso de Norrie May-Welby, uma pessoa de nacionalidade britânica, de quarenta e oito anos, que emigrou ainda criança para a Austrália. Uns vinte anos atrás, Norrie, que então era homem e se chamava Paisley, resolveu encarar o bisturi e virar mulher. Até aí morreu o Neves — ou nasceu a Nevas, como queira. Acontece que Norrie, não sei bem por quê, acabou se enchendo de ser mulher, mas não tinha a menor vontade de voltar a ser homem. Problemão.

Bem, não exatamente. Norrie apenas parou de tomar hormônios femininos e decidiu se tornar sexualmente neutra, *neuter*, em inglês, palavra de gênero igualmente neutro. E se deu tão bem na neutralidade que acabou convencendo as autoridades australianas a lhe expedir uma carteira de identidade onde, no item sexo, consta:

"Não especificado." Norrie, oficialmente, não é mais homem nem mulher. Nem Neves nem Nevas. É o único ser humano conhecido até o encerramento desta crônica que não se enquadra em nenhum dos gêneros e contragêneros disponíveis. Não é gay nem lésbica.

É o quê, então? Só Norrie, no más. E passa muito bem, obrigado.

O caso de Norrie, porém, está longe de ser uma excentricidade isolada. Na Suécia, um crescente movimento liderado por feministas e transgêneres vem pregando a abolição das identidades culturais baseadas em gênero. Em vez de "han" (ele) e "hon" (ela), em sueco, essa turma prefere usar o neutro "hen", neologismo atribuído igualmente a homens e mulheres. A novidade já foi adotada oficialmente por uma escola sueca modernete, a Egalia, que se orgulha de não distinguir meninos de meninas, e vice-versa. São todos "hen". A diretora da escola, Lotta Rajalin, em entrevista recente, afirmava, com serenidade: "Não tentamos fazer as crianças se esquecerem de seus sexos, mas do que é esperado deles."

Eu, *hen*?!

A fabulosa origem do mundo

Corria o ano de 1866, nem eu era nascido ainda, mas todo ser humano que perambulava pelo planeta na época tinha vindo à luz, sem exceção, depois de transitar por uma vagina. Deve ter sido por isso que Gustave Courbet, o pintor realista francês, chamou de *A origem do mundo* sua pequena obra-prima executada naquele ano, uma xota pentelhuda em voluptuoso close. Conhece o quadro? Ele pode ser apreciado ao vivo no Museu D'Orsay, em Paris, ou em ótimas reproduções na tela do seu computador. A imagem oferecida pelo site do museu é das melhores e você a encontra com facilidade. Aquilo enche a vista de um vivente: um apetitoso e piloso baixo-ventre feminino visto da perspectiva de alguém que se aproximasse daquela maravilha anatômica com intenções cunilinguais. A imagem, de fato, parece um convite à *minette*.

A origem do mundo foi uma encomenda feita a Courbet por um diplomata otomano milionário lotado em Paris, Khalil-Bey, que tinha escolhido servir na capital francesa para se tratar de uma sífilis, segundo se dizia. O turco libidinoso, que colecionava quadros de mulheres nuas, cavalos de corrida e amantes, teve a curiosa ideia de instalar a icônica buceta no banheiro de sua mansão, coberta, porém, por uma cortina verde, cor do islã, sua fé religiosa.

Dá pra imaginar o conviva de uma das requintadas festas que o diplomata dava em Paris indo ao banheiro dar sua mijadinha ou cagadinha e, movido por natural curiosidade, resolvendo correr o cortinado pra ver o que ele escondia. Quão grata não devia ser a surpresa dessa pessoa, sobretudo se homem hétero, ao se deparar com o sexo desinibido da mulher anônima em primeiro plano, sem cara mas com um delicado peitinho de róseo mamilo visível no quadro. E quase posso ver as filas que deviam se formar diante desse banheiro, assim que a notícia se espalhava na festa, com gente batendo na porta para apressar o ocupante da vez, o qual, diante do quadro atrás da cortina, na certa se esbaldava num frenesi masturbatório. Eu, se fosse o diplomata turco, ainda poria um aviso no pé da tela: "Favor não ejacular no quadro."

Especula-se que a modelo daquele pictórico monte de Vênus teria sido uma das amantes de Khalil-Bey, uma francesa gostosérrima chamada Jeanne de Tourbay, das mais requisitadas cocotes parisienses. Outros afirmavam que a exuberante pererreca pertencia a uma irlandesa ruiva, Joanna Hiffernan, amante do próprio Courbet e de outros pintores, como o inglês Whistler. De minha parte, mesmo sem ter sido convidado pras festanças do nababo otomano, nem tampouco deitado e rolado com Jeanne ou Joanna, eu apostaria que a famosa perseguida tá mais pra francesa que pra irlandesa, se considerarmos que os pelos púbicos de uma mulher tendem a ser da mesma cor de seus cabelos. Ora, como miss Hiffernan era um incêndio de ruiva (veja o quadro *A garota branca*, do Whistler, que a retrata vestida com sua cabelama vermelha), e a xana d'*A origem do mundo* apresenta um pentelhal moreno ou castanho-escuro, creio que eu ganharia fácil tal aposta.

Em todo caso, a vocação do quadro de Courbet para objeto itinerante do desejo iria ter início quando Khalil-Bey, atolado em dívidas de jogo, resolveu vender sua coleção de arte. A *Origem* foi parar, então, nos domínios de um marchand parisiense que, por pudicícia ou temor de um escândalo, o ocultou atrás de outra tela do mesmo Courbet representando uma inocente igrejinha num campo nevado. A ideia subliminar aqui talvez fosse a de que atrás da fé religiosa, e sufocada por ela, borbulha um vasto e animalesco tesão. Tinha sido assim com o cortinado da cor do islã que encobria o quadro na casa do turco milionário, era assim agora com o inocente quadro da igrejinha mocozando o bucetão.

O escritor francês Edmond de Goncourt foi um dos poucos privilegiados a quem o marchand mostrou o quadro, em 1889. Goncourt escreveu sobre a sua emoção ao ver a já mítica precheca surgir por detrás da igrejinha: "Esse ventre é belo como a carne de um Correggio", referindo-se às telas com rechonchudas damas peladas do sensual mestre da Renascença italiana.

A partir daí, a aveludada bacurinha deu uns rolês por locais ignorados, até ser localizada em Budapeste, às margens do rio Danúbio, no castelo dum nobre húngaro, o barão Havatny, já em 1913. A nova residência da *Origem*, junto a um rio, parecia apropriada. Afinal, o sexo das cocotes, a exemplo dos rios, canaliza não poucos fluidos e corrimentos, e costuma ser intensamente navegado. O barão, pelo que consta, continuou mantendo a *Origem* oculta atrás da igrejinha.

Eis que, nos anos 1940, a tão resguardada ximbica se vê sob a ameaça das tropas nazistas que invadem a

Hungria, e Havatny, que tinha ancestrais judeus, se manda rapidinho de seu castelo, não sem antes depositar a tela do Courbet no cofre-forte de um banco. Claro que isso não impediu os alemães de rapinarem os tesouros guardados nesse banco, como faziam em toda parte por onde passavam, mas não se interessaram pela bucólica igrejinha do Courbet, ignorando o tesouro escondido na sacristia, por assim dizer. Quem descobriu isso foi um oficial do exército vermelho que, por sua vez, invadiu a Hungria poucos anos depois, dando um chute no rabo dos nazis. E lá se foi a ilustre racha peluda pra Moscou comunista, onde com absoluta certeza encontrou quem a apreciasse com o devido fervor, aos goles de vodca estatal e ao som da balalaica oficial.

Finda a guerra, o rico barão Havatny teve a sorte de localizar sua prenda na Rússia e, mediante um suborno pago a um oficial vermelho, conseguiu reaver *A origem do mundo* e levá-la de volta, não para a Hungria, comunista agora, mas para a França, escondida numa mala diplomática. Finalmente, a boa filha à casa tornava, depois de passar de mão em mão, destino de não poucas de suas congêneres carnais pelo mundo afora.

Morto o barão, a pictórica periquita encontrou abrigo na galeria de outro marchand, até que, em 1955, foi arrematada por um colecionador muito especial, o psicanalista parisiense Jacques Lacan, que a levou pra sua casa de campo. Na psicanálise, como sabemos, o falo é que é considerado pau pra toda obra, sem embargo do nefando trocadalho. O próprio Lacan chegou a escrever que "a mulher não existe", pois carece do cetro ontológico, o pênis. Mesmo assim, Lacan se apaixonou perdidamente pela sedutora taturana, convidando apenas seus amigos mais íntimos a visitá-la na *campagne*, entre os quais um com nome mais do que adequado à imagem na tela: Picasso.

Em sua nova morada, por insistência de Sylvia, mulher do Lacan, o belo ventre ficou mais uma vez escondido sob outra obra, só que não mais a igrejinha, substituída por outra pintura encomendada expressamente para esse fim ao pintor André Masson, cunhado de Sylvia. A tela-disfarce de Masson, espécie de comentário modernoso à *Origem*, funcionava como portinhola que se abria com facilidade, para deliciada surpresa dos amigos do casal "Lacancan".

Por fim, em 1995, com Lacan e Sylvia já mortos, *A origem do mundo* é entregue aos cuidados do Estado francês, a título de imposto sobre a herança do casal. E o Estado, com a típica liberalidade francesa, decide pendurar a honorável xavasca no então recém-inaugurado Museu d'Orsay, de novo às margens de um rio — o Sena agora —, às vistas de seja lá quem passe pela frente do quadro. A origem do mundo é agora de todo mundo. Bom proveito!

A escola do sexo

Estudei em várias escolas e colégios, entrei em quatro faculdades e consegui terminar uma delas. Mas nenhuma instituição de ensino me fez tanta falta cursar quanto uma elementar escola de sexo, como a que, segundo o noticiário, uma sueca, ex-atriz pornô, chamada Ylva-Maria Thompson, teria aberto em Viena. Fiquei feliz que alguém tivesse tido por fim essa ideia fundamental. Não por mim, que não pretendia aproveitá-la — a menos que os caras abrissem cursos de pós-graduação pra senhores já bem rodados nessa vida —, mas pela turma jovem que está se iniciando nas artes de Vênus, de Eros e de Carlos Zéfiro.

Tudo parecia confluir para o enorme sucesso do empreendimento pedagógico da dra. Thompson. Pra começar, a área de estudos da nova escola, o sexo, é de interesse universal. Atrás desse trio elétrico, como sabemos, só não vai quem já morreu ou está nas últimas, já que até os castos mais renitentes não conseguem evitar que seu inconsciente lhes apronte umas armadilhas sexuais em sonhos ou nos inevitáveis atos falhos da vigília. Além disso, a mestra-mor era sueca, sendo que os suecos são tidos como o povo mais descolado do mundo em matéria de sexo.

Na Suécia, segundo a imagem que faço daquele país, o garoto ou a menina são declarados aptos à fornicação pró-ativa assim que aprendem a andar de bicicleta sem rodinhas. E farão sexo pela vida afora com a naturalidade e o equilíbrio com que se anda de bicicleta. Perfeito. Pra melhorar ainda mais os prognósticos, a dra. Thompson traria para a sua escola toda a sua vasta, profunda e diversificada experiência como atriz pornô. Atriz pornô sueca. Essa devia saber tudo e ainda inventar seu tanto, calculei.

Pra coroar o pacote, a escola ainda ficava em Viena, capital da Áustria e berço do dr. Freud e de sua psicanálise, ciência interessadíssima na sexualidade humana, frente e verso. O curso em si, eminentemente prático, prometia adestrar os pupilos em disciplinas tais como posições sexuais, técnicas de carícias e anatomia humana. A julgar pela anatomia do corpão discente da diretora na foto de divulgação, as aulas não seriam nenhum sacrifício para o corpo docente masculino, e parte do feminino interessado na fruta.

Não havia menção aos professores homens que deveriam introduzir o sexo no corpo e na vida das alunas e dos alunos gays. Mas fiquei imaginando que a dra. Ylva Thompson devia ter recrutado seus antigos colegas de videofodas para cumprir esse papel. O único problema aí é que as garotas e os *gayrotos* iriam ficar mal-acostumados e com certeza se ressentiriam da falta de uns centímetros a mais nos membros que haveriam de encontrar fora da escola.

De acordo com a auspiciosa notícia que eu lera, qualquer cidadão ou cidadã com mais de dezesseis anos poderia se matricular na Escola Austríaca Internacional do Sexo, como foi batizada, desde que desembolsasse os mil e seiscentos euros da matrícula. Não sei quanto era a mensalidade nem a duração do curso completo. Só sei que havia um pequeno e incontornável problema com esse momentoso centro de ensino, problema esse do qual só tomei ciência uns dias depois ao ler uma segunda notícia a respeito: é que ela não existia! Era tudo onda, grupo, cascata, palha, um tremendo "passarinho" plantado na imprensa austríaca por um grupo de ativistas preocupado com a baixa taxa de natalidade do pequeno país europeu. Os caras só queriam chamar a atenção do público para a grave questão demográfica que, no limite, ameaçava a população austríaca de extinção. O recadinho estava dado: "Vamo botá pa fudê, pessoal!" E sem camisinha, de modo a propiciar algum incremento na população do avançado país europeu.

Te juro que caí nessa direitinho. Não que eu já estivesse de passagem comprada pra Áustria, nem nada, mas, porra, eu tinha começado a fantasiar seriamente com a escola de sexo da tão voluptuosa quão inexistente dra. Thompson. Cheguei a cogitar a hipótese de mandar pra Viena o meu currículo oferecendo-me como professor num eventual curso de gerontofilia aplicada para garotas com pronunciado complexo de Elektra.

O fato é que, até a farsa ser desmascarada, semelhante instituição de ensino me parecia uma versão masculina de outra escola do mesmo ramo aberta no século VII a.C., na Grécia, destinada apenas a mulheres jovens e aristocratas. A idealizadora, reitora e mestra absoluta dessa escola pioneira, situada na ilha de Lesbos, era a poetisa Safo. Na sua escolinha, além das práticas amatórias, ensinava-se também música, dança e poesia. Eis a receita de sucesso da dona Safo: arte e sacanagem, com farta colação de velcro.

Consta que as moças também aprendiam como lidar e obter prazer com um mancebo roludo, artigo que a tia Safo não deixava faltar no rol dos materiais didáticos da sua escolinha. Tanto que a própria Safo teria se atirado de um rochedo pra morte no mar bravio por mágoa de um certo marinheiro que a deixara de pernas abertas a ver navios e a sonhar com seu mastro perdido. Pobre Safo. Safa e safada como era, só não se safou da armadilha do amor. E por um homem, ainda por cima.

E já que estou falando na Safo, aproveito pra citar um de seus poemas mais famosos e mais traduzidos de todos os tempos, o primeiro, ao que me consta, em que um poeta exibe seu íntimo, suas sensações pessoais e intransferíveis, sua subjetividade, enfim, afetada pelo desejo erótico. Isso era total novidade numa época de epopeias e cantos gerais com suas vozes históricas grandiloquentes e bem pouco intimistas. Era dedicado a uma mulher, o poema, mas um homem também poderia se ver ali contemplado:

Meu coração bate assustado quando te vejo.
Sem voz, língua paralisada,
um arrepio de fogo me percorre a carne.
Turvos meus olhos, ouvidos zonzos,
o suor me toma, um tremor me assola.

Fiz aí um ligeiro mix de traduções que achei na internet, a maioria apócrifas e em várias línguas, com um ligeiro copy meu, o que faz de mim um parceiro tardio da grande poetisa clássica. Esse poema me toca especialmente por ser uma descrição muito precisa de como eu me sentia diante de uma mulher pelada na minha primeira juventude, filho de família católica moralista e controladora que eu era. Eu virava um caniço verde tremendo na ventania diante de uma buceta de verdade. Excitado, mas perturbado. Algumas vezes tão perturbado que mal conseguia me excitar. Não sabia que botão apertar no corpo da parceira. Tinha apenas a vaga noção de que apertar um peito e fazer "fon-fon!" não era lá muito cool. Ou seja, não manjava tchongas do riscado, fora as lições do já mencionado Carlos Zéfiro e os relatos toscos da molecada da escola e da rua, quase todos fantasiosos.

Até os dezesseis anos, os únicos corpos femininos que eu tinha visto despidos, antes de visitar minha primeira puta, tinham como moldura um buraco de fechadura. Mas eram corpos familiares, pejados de interdições bíblicas, cuja contemplação clandestina não raro resultava em broncas tonitroantes, tabefes, castigos, vergonha.

Pobre e ignorante pecador, eu sabia só o básico do riscado: que se devia meter a pica dura naquele buraco cercado de pétalas de carne e pelinhos retorcidos que as mulheres têm no ponto de junção das coxas com o abdômen. Era lá que ele ficava, o misterioso buraco, em algum lugar no meio daqueles pelos e pétalas. Era achar a entrada, meter e chuchar. Em condições normais, o canal a que o buraco dava acesso estaria naturalmente lubrificado. Daí, era só fuque-fuque no fubá até gozá, olerê, olará, e quanto mais rápido, melhor, pois a profissa não estaria à minha disposição o dia inteiro. Beijo, nem pensar. Beijo era com a namorada, caso você arranjasse uma. Com as putas e as biscates se devia ir logo ao pote. Meter, foder e alardear depois pra todo mundo que tinha metido e fodido. Que era homem, sim senhor. Ô tosquêra.

Como a esmagadora e sexualmente esmagada maioria dos moleques da minha idade, fiz, pois, minhas primeiras incursões à genitália feminina com as profissionais do sexo, pouco dadas, elas também, a romantismos com a clientela de passe, sobretudo a rapazolada cheia de espinhas e inibições, além da natural sem jeitice pros aspectos operacionais do sexo a dois. Sem falar no dinheirinho contado no bolso, suficiente apenas pra modalidade mais barata e rápida de picirico à disposição da freguesia, e com mulheres que lembravam muito pouco a Brigitte Bardot ou a Grace Kelly.

A certa altura, eu já nos meus vintanos, passei a ter namoradas que trepavam. E, como já insinuei, dei umas boas brochadas até pegar o jeito com as amadoras. Era tudo muito diferente da putaria de rua que eu conhecia. Alguns amigos meus já transavam com as namoradas desde antes, mas não muito antes. Um lá com dezessete, outro com dezoito anos. Mesmo assim, tal precedência fazia enorme diferença na época. Comparado a eles, me sentia um retardado existencial por só estrear com vinte anos no chamado amor livre, e com alguém que eu tinha primeiro ido ao cinema, pegado na mão, dado beijinhos e trocado palavras de amor e carinho. E que não me cobrava nada além de mais amor e carinho depois.

Já no plano do discurso, o sexo tinha entrado com tudo na pauta do dia — de todos os dias da minha juventude. Com o abrandamento da censura no Brasil da ditadura, em fins dos anos 70, começaram a surgir os sexólogos de TV, multiplicando-se também em revistas e jornais. Era um monte de gente falando de sexo, ensinando sexo, liberando o sexo. Eu gostava dos sexólogos. Diziam coisas como "o importante é a mágica, não o tamanho da varinha de condão". Essa pérola é da Martha Suplicy, tirada de uma coletânea de artigos sexológicos dela que virou best-seller nos anos 80 e chegou a inspirar um musical cômico-educativo escrito em dupla por ela e Mário Prata.

A Martha nesse tempo ainda queria ser apenas prefeita das libidos pátrias, não do município de São Paulo, como viria a ser anos depois. Essa frase dela comparando o pau a uma varinha de condão até hoje me soa inapelavelmente literal. Meu parco entendimento simploriamente se recusa a processar a metáfora. Como assim "o importante é a mágica"? Quer dizer que, se você tiver um pau minúsculo, mas conseguir, num passe de mágica, tirar um texugo vesgo de dentro do travesseiro na hora do vamo-vê, vai tudo rolar de boa? Fosse verdadeira essa versão literal da frase, acabariam os spams de "aumente seu pênis". Bastava um bom curso de mágico por correspondência.

Não, não, a minha geração, e eu, particularmente, não fomos a escolas de sexo, nem tivemos tempo de ser iluminados por sexólogas midiáticas a discorrer sobre varinhas de condão eréteis e outras mágicas sexuais. Pro bem ou pro mal, repito, minhas primeiras mestras foram mesmo as quengas, que Deus as tenha em sua alcova celestial, muito embora eu não tenha tido a mesma sorte do Júlio Cortázar, escritor argentino (1914-1984) que você já deve ter lido e, se não leu, corra pra ler tudo dele, a começar pelo romance *O jogo da amarelinha*. Depois, caia de boca nos contos. Ou, ao contrário, comece pelos contos. Faça como quiser, enfim, só não deixe de ler o Cortázar.

O que aconteceu com o Cortázar foi que, aos catorze anos, conforme ele mesmo conta, decidiu perder a virgindade num puteiro em Buenos Aires. Trêmulo de medo e excitação, escolheu a muchacha menos rampeira que seu dinheiro podia pagar e já quis seguir logo pro abatedouro. Antevendo a solene brochada que provavelmente seu virginal cliente iria protagonizar naquele estado de nervos em que se encontrava, a mulher propôs que tomassem um drinque antes de rumar pro quarto. Ela oferecia.

E foi o que fizeram. Daí, papo vai, papo vem, o jovem Cortázar foi vendo sua ansiedade se transformar aos poucos num potente tesão que, por fim, lhe valeu uma bela trepada inaugural. De bônus, ganhou a lição implícita na atitude da sábia hetaira: não há erotismo sem verbo. Foi essa lição, segundo ele, que lhe valeu sua brilhante carreira de escritor. Você precisa falar com a pessoa com quem vai trepar de modo a construir alguma intimidade com ela, por tênue e fugaz que seja. Você precisa, enfim, da palavra, mais do que do próprio sexo.

Claro que nessa conversinha inaugural com as mulheres é de bom alvitre evitar assuntos muito sérios e áridos, como os gargalos infraestruturais que encarecem e retardam o escoamento da produção agrícola no país. Ou as dissonâncias conceituais entre a física quântica e a teoria especial da relatividade do Einstein. Tem que ser algum assunto mais maneiro, gracioso e bem-humorado, manha que se vai pegando com o tempo. Ler o Cortázar, por exemplo, ajuda qualquer jovem a se adestrar nas artes verbais da conquista. E se, de repente, a moça também tiver lido o Cortázar, aí é moleza. Quando se tem um repertório comum desse quilate com a moça já é meio caminho andado antes de tirar a roupa e partir pro abraço.

Mamas minhas!

Há muita coisa horrenda no mundo que você contempla e ouve todo dia quando está plugado na mídia. Alguém tá sempre tacando fogo na casa, na cidade, no país de alguém, dando tiro, facada em alguém, jogando bomba, carro, avião contra alguém. Alguém, pelo visto, odeia esse tal de alguém. Alguém, no fundo, odeia a si mesmo e, em vez de procurar um psicanalista pra se curar, extravasa todo esse ódio em outro alguém. Alguém versus alguém, essa é a história da humanidade. Fora epidemias, pragas, secas, inundações, tsunamis, erupções vulcânicas, terremotos, ataques de feras e de bichos peçonhentos, e mais tantos fenômenos adversos que nos põem em guarda contra a natureza, nossa inimiga inadiável, bomba-relógio instalada no coração da nossa existência física desde o nascimento. O mundo decididamente não se rege pelas noções de ordem e beleza, luxo, calma e volúpia, como sonhava Baudelaire.

Exemplos desse lixo sangrento no dia a dia planetário saltam aos olhos diariamente também, mas me esforço pra que fiquem grudados nas lentes dos meus óculos. Dali não passam. Do contrário, abrir um jornal, acessar notícias na internet ou na TV seria condenar-se a mais um dia de depressão e medo.

A sorte é que, pra contrabalançar um pouco esse horror show cotidiano, você encontra também coisas divertidas e até excitantes pra ver nas páginas e telas da dona mídia, e não me refiro aqui à velha e boa pornografia, tão difamada quão desfrutada por bilhões de libidos solitárias a qualquer hora do dia ou da noite. No âmbito das notícias de amplo acesso, não passa uma semana, por exemplo, sem que eu me veja brindado com os alvos peitinhos das ucranianas do Femen (lê-se "Fêmen" e se escreve Фемен, em ucraniano) nas primeiras páginas dos noticiários em qualquer suporte, sobretudo na internet.

O Femen, como talvez o seu carequinha esteja careca de saber, é o movimento fundado em 2008 na Ucrânia por Anna Hutsol, uma jovem economista metida com teatro e proprietária de atributos peitorais atraentes o bastante para que ela os utilize na propaganda ostensiva de suas ideias libertárias e essencialmente feministas, como podemos ver nos protestos em topless protagonizados por ela e seu grupo de garotas de peito — e que peito! Pares e pares de lindos, jovens e alvos peitos eslavos.

Inicialmente focados nos temas da prostituição e da violência contra a mulher — "A Ucrânia não é um bordel!" e "Uma a cada quatro ucranianas apanham do marido. Basta!" —, os protestos do Femen passaram a atacar temas variados. Eles podem ser deflagrados na frente da embaixada do Irã, contra o apedrejamento de adúlteras. Ou dentro e fora do gabinete de ministros, esbravejando contra a corrupção endêmica na política e na economia locais. Ou no aeroporto de Kiev, enfiando as tetas agressivas nas barbaças do líder da Igreja ortodoxa por seu apoio ao tirânico presidente russo, Vladimir Putin. Ou na porta de estádios contra a Eurocopa que levou hordas de torcedores priápicos de toda a Europa à Ucrânia para ver futebol, encher a cara, promover arruaças e afogar o ganso a preços módicos nas, cá entre nós, gostosérrimas filhas da terra dispostas a levantar um dindim alugando seus corpos, visto que a situação política e econômica lá da Ucrânia não é mole não. E já faz algum tempo que elas levam seus peitinhos brancos pra protestar em outros países, defendendo mais ou menos as mesmas causas. Faça chuva, sol ou neve, lá estão as fêmeas do Femen impondo ao mundo suas mamas nuas em geral rabiscadas com mensagens políticas.

O desfecho dos protestos sempre se dá com a chegada dos policiais, que, como não nos cansamos de ver nas fotos e vídeos dos protestos, se esforçam ao máximo pra não tacar a mãozona nos melões das meliantes, de modo a não serem acusados de abusadores de indefesas cidadãs em pleno excercício de sua liberdade de expressão. Mas não adianta. No vai da valsa do frege os meganhas não conseguem evitar que, diante das câmeras da imprensa mundial, as cenas de repressão contra as semipeladas com guirlandas de flores na cabeça não se assemelhem a estupros coletivos levados a cabo por cossacos bêbados.

A certa altura, surgiu até uma brasileira entre elas, a Sara Winter, à qual logo se somou uma segunda, que se apresenta como Bruna Themis, ambos pseudônimos. Sara, hoje brigada com o grupo e com sua colega Bruna, já foi presa em Kiev, tempos atrás, quando protestava de petchos ao léu do lado de fora do estádio olímpico, onde Inglaterra e Itália jogavam pelas quartas de final da Eurocopa. No Brasil, a Femen-girl da terra fez sua estreia no ativismo peitoral durante a primeira marcha das vadias, unindo-se a outros pares de mamas que reivindicavam mais respeito por parte da sociedade machista, fim do turismo sexual, direito ao aborto legal, prisão perpétua contra estupradores e outros itens clássicos da pauta feminista.

Não é de hoje que a Sara Winter brasuca tem pendão para alguma forma de estrelato. Sua biografia na internet aponta que ela estreou em público aos quinze anos de idade cantando hits de desenho animado japonês em festivais de animê no interior de São Paulo, embora não tenha nada de japonesa. Nessa época, ela atendia pela alcunha de Kagome. Digamos que seu pseudônimo atual, Sara Winter, emprestado à atriz australiana que faz sucesso no cinema e TV dos EUA, é bem mais feliz que Kagome, onde um descuido proparoxítono poderia lhe causar algum transtorno.

Figuraça, a nossa fêmen-nista. Alguns clics na internet dão rápido acesso a fotos de estúdio onde a vemos nua em pelo, não muito pelo, aliás, e com o corpo servindo de suporte a palavras de ordem. Até onde meu olhar investigativo pôde registrar, tinha um "Menos copa mais leis" descendo do alto da coxa pro calcanhar da perna direita, um "Estupro" saindo da clavícula direita até seu mamilo esquerdo, com um "Denuncie" em arco logo acima do umbigo, e um "Menos turismo sexual" invadindo-lhe as omoplatas, numa foto em que aparece meio de costas, sem que tivesse sobrado espaço anatômico para que ela pudesse explicitar qual volume de turistas sexuais seria aceitável, já que a inscrição não clama pelo fim de tal turismo, mas apenas pra que ele diminua — "menos" —, reivindicação, aliás, que não sei se as quengas do Brasil e da Ucrânia apoiariam de bom grado. Na foto que menciono, é possível ler também um "Tráfico infantil" seguido de um "Pare!" na região lombar, com uma seta apontando pra nádega direita, na qual se especificam as regiões do país que supostamente deveriam parar com o tráfico infantil: "Norte" e "Nordeste", sem nenhuma menção às outras regiões do país, o que não deixa de ser estranho.

Nas manifestações, porém, Sara cobre as pudendas inferiores com uma calcinha, a exemplo de suas colegas de feminismo contestador. Na rua só pagam peitinho mesmo. "O seio não é um objeto sexual. É uma arma de protesto", explica Sara, estufando de orgulho a caixa torácica que suporta as ditas armas.

Puerra! — exclamaria Don Pepe Legal. Quer dizer que a gente até hoje, e desde a mais tenra infância, andou mamando numa arma de protesto? Caraca! Isso me faz lembrar da Melanie Klein, psicanalista austríaca, cria do Freud, que fez sua fama e carreira na Inglaterra, a partir de 1927. Pioneira da psicanálise infantil, a base de sua teoria parte da observação do papel das mamas da mamma no psiquismo infantil. Segundo Klein, a teta que alimenta o bebê é o "seio bom". Já o filhote faminto que se vê à míngua de peito pra mamar está em relação com o "seio mau". O seio mau, muquirana, sádico, filho duma puta, é aquele que não acode de pronto na hora da fome. E é assim, entre o seio bom e o seio mau, que se passa toda a nossa primeira infância, reduzida a uma espécie de maniqueísmo mamário.

Imagino que, agora, com a escalada mundial do ativismo do grupo Femen, o seio bom seja aquele que ousa literalmente peitar as instituições repressivas e corruptas do mundo submetido ao poder da macholândia. O seio mau, por oposição, seria o alienado, que se tranca nas alcovas eróticas fazendo a alegria dos amantes e namorados, ou dos hooligans putanheiros com litros de cerveja e vodca na cabeça, e grana no bolso pra torrar com as profissas.

Não sei o que o companheiro leitor pensa disso tudo, mas, mesmo sem nunca ter sido um hooligan nem me considerar particularmente machista, não consigo discordar do velho poeta Limoeiro, cordelista pernambucano para quem as três melhores coisas do mundo são, em ordem crescente: cagar fumando, mijar peidando e, suprema delícia, meter mamando. Sim, não há nada como copular numa posição que dê pra chuchar a bem-amada ao mesmo tempo que se chupa e lambe seus peitos, tanto o bom quanto o mau, que todos são filhos de Deus e merecem nossa homenagem apaixonada.

O buraco é mais em cima

Não sei se você tem amigos com a libido acesa e tempo de sobra pra caçar putarias e bizarrices sexuais na internet, selecionando as que julga dignas de serem enviadas aos mais diletos cupinchas — entre os quais você. Eu tinha dois, um deles acabou de morrer, sobrou o outro, por sinal o mais profícuo em matéria de sacanagem. Trata-se de um designer gráfico recém-aposentado que me dá a impressão de não fazer outra coisa na vida além de tocar bateria num grupo de jazz-rock de cinquentões e sessentões zoados e percorrer os boudoirs virtuais da rede, homenageando com dedicação todas as mulheres do mundo. E, claro, sempre fumando unzinho, que ninguém é de ferro.

Raro o dia em que eu não receba quatro ou cinco e-mails desse amigo com um CUIDADO! alertando para o perigo de abri-los em público e com legendas do tipo "Morena hospitaleira entuba três de uma só vez" ou "Colegial inocente pira no 69".

Não tem jeito: se você não vai à putaria, a putaria vem até você, como diria a tia torta do doutor Freud.

Pois foi esse meu chapinha chapadão quem me mandou dia desses uns links pruns filmetes com moçoilas ostentando todo tipo de birutice tatuado na depilada região recreativo-reprodutiva delas. Na buceta raspada, pra ser um pouco mais explícito. Taí um nobre suporte pruma obra de artes plásticas, há que se reconhecer. Melhor que uma simples tela ou o teto em cúpula de uma igreja, apesar de bem mais perecível. Todos os desenhos, como é óbvio, jogam com as tradicionais particularidades anatômicas da dita região, de modo a que o portal refolhudo da vagina pareça a boca de alguma figura fantástica, quando não de um vaso de onde brotam flores multicoloridas ou, então, a porta aberta de uma gaiola por onde sai uma revoada de pássaros — ou de morcegos, como vi numa xota lá.

Um dos filmetes mais perturbadores mostra uma loira assaz apetecível abaixando calça e calcinha pra nos exibir seu púbis tatuado com a cara sacana de um gato parecidíssimo com o Fritz, the Cat, o felino junkie-priápico assinado e assassinado por Crumb quando o desenhista americano se encheu dele. Claro que a boca do gato é a racha da moçoila, sendo que, ao repuxar a pele do púbis, o pussycat arreganha os dentes afiados em sua gana de devorar o que lhe vier pela frente. Grande trabalho xanopictórico do tatuador. Em outro vídeo, mais uma loira-belzebu, essa meio bêbada, exibe sua vagina tatuada com um diabo chifrudo de boca vampiresca escancarada. O que dizer diante de uma tal figura? Vade--retro, satan?

Me pergunto que tipo de homem se compraz em meter a piroca na bocarra do gato Fritz ou de um demônio com caninos de vampiro. Até onde eu sei, a *vagina dentata* é uma fantasia mórbida que ronda a cabeça de neuróticos com fobia de castração. Há sempre uma alternativa ali pertinho para essas mentes torturadas, mas vai saber se elas não temem algo ainda pior na porta dos fundos

— uma guilhotina, por exemplo. Falando nisso, alguns dos filmetes didáticos que meu amigo enviou tratam de tatuagem anal. Mas isso fica pruma outra oportunidade. Melhor não misturar as estações, apesar da proximidade entre elas no dial sexual.

Até aí nada de mais, não fosse a incrível coincidência de eu topar na *Folha de S.Paulo* por aqueles dias com uma longa matéria assinada pela jornalista Iara Biderman sobre a nova moda em matéria de cirurgia plástica: a remodelação estética da perseguida levada a cabo por um "cosmetoginecologista" especializado em "design vaginal". Trata-se, em suma, de cortar fora "excessos" dos lábios vaginais, internos e externos, ou da pele que recobre o clitóris, aquela espécie de prepúcio do grelo que nem todos os machos da espécie terão notado em suas incursões pelo território bucetal. Lábios internos, por exemplo, que ultrapassem dois centímetros de largura ou que sobressaiam muito em relação aos externos estão agora na mira dos designers vaginais. Nem quero saber qual a medida ideal para os lábios externos. Ou para o prepúcio do grelo. Quando topo com eles cara a cara, a última coisa em que penso é em puxar uma fita métrica.

Um artista plástico inglês, Jamie McCartney, admirador da xota-como-ela-é, com ou sem tatuagens devoradoras de pirocas, e inimigo da vagina narcisista, resolveu protestar contra esse modismo sinistro e mutilador. O ativista ginecológico tirou moldes de gesso de quatrocentas perseguidas, com os quais montou painéis que demonstram com triangular veemência a incrível diversidade anatômica do órgão sexual feminino, ora sob ataque "normalizador" de cirurgiões plásticos ávidos por esse novo nicho de mercado até então precariamente protegido pela calcinha e pela pentelheira da mulher.

Gozado que, olhando os diferentes modelos de vagina exibidos em alto-relevo nos painéis xotêmicos do arteiro McCartney, é possível que você, como eu, murmure consigo mesmo: "Cáspite! Acho que conheço duas ou três dessas senhoras e senhoritas." (Já um Mick Jagger diria: "Well, acho que só não conheço duas ou três delas.")

Na vertente literária desse protesto, o escritor e sábio panfilosófico Xico Sá, que eu não me canso de admirar e citar a troco de tudo e qualquer coisa, rebateu em seu blog uma declaração que a modelo gaúcha Andressa Urach, recém-operada por um designer de xibiu, deu naquela mesma matéria da *Folha*. Dizia a exuberante loira que "A vagina não é um órgão muito bonito. Dá pra ficar melhor."

Xico cravou na lata: "Se a vagina — prefiro chamar por outro nome mais sonoro e nada científico — não é bonita, o que seria obra-prima neste mundo? Não troco a da minha amada pela coleção completa dos quadros impressionistas." E concluiu em grande estilo: "A mulher é o meu d'Orsay", referindo-se ao museu parisiense que abriga impressionistas e realistas.

A deliciosa reflexão anticosmetoginecológica do grande cronista cearense me levou a uma indagação crucial: será que uma xota redesenhada a bisturi é capaz de turbinar a autoestima da mulher a ponto de lhe conferir mais e melhores orgasmos?

Pois nem isso, segundo uma pesquisa na área de etologia humana levada a cabo pela dra. Lenka Novakova, da Universidade Karlova, de Praga. As mulheres que gozam com mais intensidade, segundo esse estudo, são as agraciadas com um olfato mais sensível aos feromônios masculinos — ou ao cheiro de macho, em português arcaico. Pouco importa o formato de suas vaginas. O buraco, no caso, é mais em cima — no nariz, precisamente. E são dois buraquinhos. Mesmo com esse sobrenome, Novakova, deduzo por conta própria que a pesquisadora tcheca também deve ser contra as mulheres serem induzidas a trocar sua antiga cova por uma nova cova desenhada a bisturi na cirurgia plástica, já que disso não depende a sua plenitude orgástica, que é o que conta em matéria de sexo.

Moral gratuita dessa história: mais vale um nariz libidinoso que uma vagina narcisista.

O Belo Antônio e as virgens perpétuas

A garota tem vinte anos e é bem gostosinha, embora seus modelitos com shortinhos e minissaias de periguete periférica nas fotos disponíveis na internet deixem um pouco a desejar em matéria de elegância. Quer dizer, deixam de nos fazer desejar a roupa, mas não o recheio. De rosto, não é nenhuma Angelina Jolie. Com outro corpo seria mais uma carinha triste na multidão. Só que agora Ingrid Migliorini — esse o nome da guria, natural de Santa Catarina —, além de gostosinha ficou também famosa mundialmente por ter levado sua virgindade a leilão pela internet, usando um nome de guerra, Catarina, em homenagem ao seu estado natal. O papa-hímen que a teria arrematado no leilão é um japonês identificado apenas como Catso — ops, Natsu —, que desembolsará a quantia de setecentos e oitenta mil dólares pela honra. Pelo menos é o que foi dito e redito por toda a imprensa e pela blogosfera afora.

Escrevam o vaticínio do tiozão aqui: essa moda vai pegar. Muita gata bem rodada nas sendas do amor vai pensar em leiloar seu cabaço, não poucos deles reconstituídos no cirurgião plástico da esquina. Provectas senhoras da terceira, quarta e até da quinta idade, algumas delas portadoras de hímens legítimos, também não deixarão passar essa oportunidade. Já pensou que delírio ter o privilégio de expugnar um hímen de noventa anos? De cem anos? Uma glória, sem dúvida, que eu prefiro deixar a um macho de mais vigor e coragem.

O himeneu da nada santa Catarina será perpetrado por esses dias a bordo de um avião, entre Austrália e Estados Unidos, de modo a contornar problemas legais, sob os auspícios de uma produtora de TV australiana que vai filmar o evento. Pelo menos é o que dizem os organizadores da lambança, a qual, aliás, garantem que será gravada apenas antes e depois do sexo. A foda inaugural em si não será registrada. Não veremos o momento anunciado por trombetas em que o hímen, forçado pelo aríete peniano do japonês, cairá por terra, se é que os hímens caem em algum lugar e se é que o aríete do japa dará conta do recado. Se for do porte das ferramentas de trabalho dos atores japas de filmes pornôs, a resposta é sim. Mas se corresponder ao estereótipo preconceituoso que cerca a matéria, aí Catarina poderá, quem sabe, leiloar sua virgindade uma segunda vez.

Os australianos estão rodando um documentário intitulado *Virgins wanted* (*Procuram-se virgens*) baseado nesse leilão com cheiro de picaretagem envolvendo virgindades recrutadas, comprovadas e selecionadas via internet — virgindades femininas e masculinas, dizem eles. Não é improvável, aliás, que o cabacinho da catarinense esteja sendo destroçado neste exato momento nos ares pelo sigiloso sr. Catso (ó céus! Natsu! Natsu!): fuq-fuq-flop!

A pergunta que não quer calar aqui, ali e alhures é: de onde diabos surgiu essa fascinação toda pela virgindade feminina? Dizem os biólogos evolucionistas que o culto ao hímen tem origem na necessidade que os machos da horda primitiva tinham de saber se os filhos que geravam eram de fato seus, de forma a protegê-los com mais afinco, o que aumentava suas chances de sobrevivência. Pelo menos com o primogênito era assim, o que explicaria a tremenda importância dada à primogenitura nas sucessões nobiliárquicas e na questão da herança familiar nas culturas milenares, traço ainda preservado em várias delas. E é fato que ainda hoje ninguém quer deixar seu apê, sua caranga, seu carnê do Baú da Felicidade em dia e sua coleção completa da *Status* pro filho do Ricardão.

O hímen em si, porém, não passa de uma membrana à toa dotada de furinhos por onde escapa o fluxo menstrual. Mais inútil que um dente do siso e bem mais fácil de ser eliminado, embora proporcionando bem mais prazer ao exterminador do hímen que à sua legítima proprietária, isso lá é verdade. Se bem que existe um tipo de hímen chamado de complacente que nem se esforça muito em resistir ao avanço do invasor. Deixa o bruto entrar, na boa, assobiando e olhando pro alto, como se não fosse com ele, sem se romper. Um hímen complacente podia complicar a vida de um casal de noivos sicilianos, nos tempos em que era costume por lá pendurar o lençol na janela do quarto onde os pombinhos se haviam aninhado na noite de núpcias. O lençol tinha que apresentar manchas de sangue na manhã seguinte, comprovando o defloramento da donzela.

O Belo Antônio, filme de 1960 com Marcelo Mastroianni e a belíssima Claudia Cardinale, fazia menção a esse costume primitivo. A bela e rica personagem da Cardinale se casa com o noivo durango e boa-pinta encarnado por Mastroianni. Mas, no dia seguinte, o lençol se apresentava virginalmente branco, para desgraça do noivo. Claro que, do lado de fora, ninguém sequer pensou na possibilidade de a noiva não ser mais virgem. Ou de ela ter um hímen complacente. Não, a culpa só podia ser do noivo brocha. Faz tempo que vi esse filme e não me lembro mais se o cara era ou não impotente e que fim ele levou. Valeria a pena ver de novo.

Em todo caso, e voltando da Sicília, com sua devoção ao hímen e aos lençóis sangrentos, pro leilão internético de cabaços, a mídia em peso focou suas lentes na catarinense, a primeira virgem feminina escolhida, deixando em segundo plano o outro suposto cabaçudo, o jovem russo Alexander Stepanov, de vinte e três anos. Também ele deverá entregar seu cabacinho numa salva de prata pro ganhador do leilão, no caso, um tal de Nene B., que lhe pagará míseros três mil dólares pelo privilégio.

De início, não foi informado se Nene B. é homem ou mulher, nem sua idade. Até dá pra entender o baixo interesse do público planetário pela virgindade do rapaz, além do seu baixo valor no mercado de cabaços. Pra começar, se é possível comprovar clinicamente a virgindade de uma donzela, o mesmo não se pode dizer de um homem. Pela frente ou por trás, lavou tá novo, salvo imprevistos. E é lógico que o famoso teste da farinha, no qual a pessoa é instada a se sentar num recepiente com farinha fina imprimindo ali a marca de suas pregas anais, intactas ou arregaçadas, esse teste só existe mesmo em velhas e antiquadas piadas do fundão da quinta série.

Pra piorar as coisas, se os candidatos à primeira noite com Ingrid tinham que ser do sexo oposto, com o russo Alex os produtores do documentário foram mais liberais: machos e fêmeas podiam dar seus lances. E a maioria absoluta dos lances partiu de gente que se identificou como homem. O ânus do Strepanov, ops, Stepanov, deve ter piscado muito, de medo ou de excitação, vai saber.

O camarada Stepanov começou topando a parada. Mas, depois do leilão encerrado, quando o misterioso Nene B. se revelou afinal um peludo brasileiro de trinta e cinco anos, o eslavo deu piti. Disse, em russo, algo que se poderia traduzir por "Comigo não, violão!". Acordou para o fato de que molhar o biscoito ou ser pelo biscoito molhado não é exatamente a mesma coisa, em matéria de desvirginamento masculino. Se ele não for um gay assumido, e parece que não é, o que o pobre Strepanov — ai, ai, ai: Stepa, Stepa, Stepanov! — o que o Strepanov diria em casa, na hipermachista Rússia, ao voltar com esquálidas três mil verdinhas no bolso e um rabo carente de pomadas e banhos de assento?

O que se sabe é que, depois de algum bate-boca com o diretor Justin Sisley, o russo tirou o dele da reta. Sem Nene B. pra cima do roskoff do camarada Stepa/Strepa/Stripanov. Até onde sei, falava-se em substituir o tal do Nene B. e seus dúbios encantos brasílicos pela segunda colocada no leilão, a australiana Kasandra Darlinghurst, que ofereceu US$ 2,6 mil pela primeira noite do russo. Quer dizer, a perua — só pode ser uma peruaça caidaça — quer pagar pela estreia fornicativa da piroca eslava menos quatrocentos dólares do que o michê oferecido pelo brasileiro pelo conjunto cu & pau, supostamente. Porra, que desvalorização do macho frente à mulher nestes dias tão feministas que correm. Quer dizer que um pau na mão de uma mulher vale menos que um cu & pau na mão de outro homem? Tá sobrando tanto pau assim pra mulherada?

Parece que o Alex tá mais calminho agora. Não sei que cara tem essa miss Darlinghurst, mas pelo menos tem darling no nome. O russo a essa altura já deve ter visto imagens dela. Vai ver até é alguma coelhinha da Playboy — de 1955, provavelmente. É melhor, em todo caso, o míssil balístico do russo se comportar direitinho, direitinho na hora de penetrar o espaço vital norte-americano. Senão, a exemplo do Belo Antônio, ficará com fama de brocha na Rússia e ainda deixará de levar os pichulés oferecidos pela americana. É o que eu chamaria de saia justa. Ou melhor: de cueca apertada.

Dizem que os mártires da jihad, a guerra santa que os fundamentalistas islâmicos movem contra os inimigos de sua fé, vão direto pro paraíso ao morrer em ação, e lá dispõem de um estoque de virgens perpétuas à sua disposição, em número que varia muito segundo as diferentes fontes consultadas, mas que pode chegar a onze mil. Não tenho ideia do que sejam "virgens perpétuas", mas parece um bom negócio virar muçulmano e morrer tentando dar uns pipocos no presidente americano, por exemplo. Você estará bem de virgens por um tempo em sua vida eterna, embora não todo o tempo da eternidade, imagino eu, pois um dia todas as moças, seja lá quantas forem, deixarão de ser virgens, mesmo que você, por economia, desvirgine só uma ou duas por ano. A menos que o mártir apenas as sodomize, alternativa que receio não estar prevista na lei corânica. Ou, então, vai ver que lá no céu islâmico a virgindade se refaz por decreto divino assim que o membro do mártir bate em retirada de dentro da vagina da virgem perpétua.

Não sou teólogo, mas acredito mais nessa segunda hipótese. Afinal, paraíso é paraíso, pô. É outra lógica. O chato é ter que morrer antes de topar com as ninfetinhas em flor. Se bem que isso de bater as botas iria acontecer de qualquer maneira, cedo ou tarde, certo? Decisão difícil de tomar, reconheço, se você é fanático por virgens mas não tem vocação pra homem-bomba.

A queda que as mulheres têm pelos beijoqueiros

Seth Kugel, jornalista americano que vive entre São Paulo e Nova York, tocando um blog de viagens agregado ao *The New York Times*, admirava-se outro dia, num artigo pra *Folha de S.Paulo*, do quanto as brasileiras e os brasileiros que acabaram de se conhecer atracam-se aos beijos na frente de todo mundo. Um americano, diz ele, jamais tascaria uma bicoca numa fulana que está vendo pela primeira vez, sob nenhum pretexto. Nos States, ele bateria um papinho com a moça antes, pegaria o telefone dela, ligaria no outro dia marcando um jantar, e só então, de acordo com o andar da carruagem, decidiria se é o caso de beijar ou não, e de ir ou não mais além. "O padrão brasileiro é outro: gostou, beijou", anota Kugel, em sua sumária antropologia.

O título do artigo, "Paquerar como um brasileiro", que vale a pena ser caçado na internet, revela um implícito didatismo por parte do jornalista. O que ele pretende, pelo que lemos ali, é ensinar a seus compatriotas solteiros em visita ao Brasil como se dar bem com as filhas da terra.

E como é que um brasileiro paquera? Seduzindo com tenacidade a fêmea até ela dar abertura ou bobeira suficiente para que se possa beijá-la. É assim que Kugel vê os rituais de acasalamento entre nós, sendo o beijo, instantâneo e público, o primeiro grande objetivo a ser alcançado na conquista da mulher. Se não rolar um desconcertante splish-splash — beijo seguido de tapa na cara do beijoqueiro —, o caminho está aberto para o fuque--fuque inaugural. Do beijo ao piço é um passo, diria um trocadilhista vulgar, que sempre os há por aí.

O curioso é que outro americano já tinha atentado pra essa facilidade extrema com que se beija em público no Brasil, bem antes do Seth Kugel. Trata-se do também jornalista e cronista Matthew Shirts, uma espécie de brasilianista que virou brasilianque por ter vivido muito mais tempo aqui do que em seu país natal. Shirts escreveu um texto hilário sobre o beijo à brasileira, incluído em sua coletânea *O jeitinho americano* (Editora Realejo, 2011), no qual relata suas primeiras impressões como colegial intercambista despencando no Brasil ditatorial, nos anos 70, vindo diretamente da moderna, democrática e liberalíssima Califórnia.

Entre os hábitos da terra que mais o impressionaram estava o complexo cerimonial do beijo que os nativos e nativas celebravam ao se encontrarem: um, dois, três beijinhos faciais de uma só vez, em obediência a incompreensíveis ditames rituais. Improvisando-se ele também em antropólogo amador, o jovem Shirts tentava observar os sinais externos emitidos pelos beijoqueiros nativos que poderiam indicar o número de beijos a serem desferidos pelo homem e pela mulher, mutuamente, nas diferentes circunstâncias sociais. Mulheres beijavam outras mulheres até mais do que beijavam os homens, notou Shirts. Os homens, porém, não costumavam se beijar entre si, algo que Mr. Shirts também observou com certo alívio.

Quando tentou pôr em prática a abordagem beijoqueira pra cima das brasileiras, o americano teve a primeira aula sobre o quanto as aparências podem ser relativas e altamente complexas em nosso país. Seu primeiro alvo foi ninguém menos que a madre diretora da escola religiosa onde iria estudar em seu ano brasileiro, em Dourados, no antigo estado do Mato Grosso. Ao ser apresentado à santa senhora, o jovem Shirts lançou-se sem pestanejar sobre ela desfechando-lhe três beijos à queima-bochecha. E na mesma bochecha ainda por cima! Nem teve a manha de alternar as bochechas.

Pegou mal. A madre se persignou várias vezes e quase o meu futuro amigo perde sua vaga na escola. Segundo ele conta, o povo lá em Dourados ficou preocupado ao se inteirar do incidente. Se o jovem e impetuoso gringo caía de boca daquele jeito numa freira sexagenária, o que não haveria de aprontar com as graciosas donzelas douradenses?! Parece que muito pai de família andou lubrificando a Winchester lá em Dourados, por via das dúvidas.

Voltando ao Seth Kugel, além da beijomania endêmica no Brasil, também o impressionou aquele estilo agressivo e insistente do típico paquerador brasileiro. Aos olhos do americano médio, esse tipo de flerte pancadão não se diferencia muito do franco assédio sexual, passível de cana pelos padrões estadunidenses. E o mais estranho é que as gurias, alheias aos mais aguerridos feminismos, parecem gostar da brincadeira. É o que o artigo de Kugel insinua ao se referir a um de seus amigos americanos em visita ao Brasil que "pegou o jeito e provavelmente jamais vai esquecer uma certa loira".

De novo pergunto: que jeito seria esse que o amigo pegador do gringo pegou pra pegar a tal da "certa loira"? E, no meio desse pega-pegou-pegará, teria ele pego a loira certa? Às vezes um gringo muito entrado em caipirinhas pode confundir perigosamente os signos e sinais travestidos da nossa surrealidade sexual cotidiana e se ver, de repente, nas garras de uma mulher com penca. Não parece ter sido o caso. O próprio Kugel, que tem mais quilometragem brasileira, deve ter-lhe dado uma boa assessoria. Em seu artigo sobre a pegação hétero à brasileira, por exemplo, ele ressalta a imagem do infatigável fauno tropical a disparar "cantadas constantes" pra cima da sua presa em potencial, crivando-a de beijos exibicionistas à menor brecha, seja lá onde estiverem, num bar, na rua, numa pista de dança, na igreja, na praia, não importa.

Ocorre que esse estilo ninguém-tasca-a-nêga-é--minha, ousado e autoconfiante até o enjoo, ao qual não falta um toque de tosquêra, já foi descrito em tons sarcásticos pelo nosso imortal Machado de Assis num opúsculo escrito na juventude sob o título *Queda que as mulheres têm pelos tolos*. Pra resumir, esse atrevido e insistente paquerador, que Seth Kugel parece ter como referência, outra coisa não é senão o velho mala sem alça. Ou o tolo, como rotula Machado:

"Desde a mais remota antiguidade, sempre as mulheres tiveram sua queda para os tolos." E segue descrevendo a figura: "O tolo não se faz, nasce feito." E mais: "O tolo é abençoado pelo céu pelo fato de ser tolo, e é pelo fato de ser tolo que lhe vem a certeza de que, qualquer caminho que tome, há de chegar felizmente ao termo." E ainda: "A intrépida opinião que ele tem de si mesmo, o reveste de sangue-frio e segurança. Satisfeito de si, nada lhe paralisa a audácia." Pra finalizar: "O tolo é um amante sempre contente e tranquilo. Tem tão robusta confiança nos seus predicados que, antes de ter provas, já mostra a certeza de ser amado."

Machado termina seu arrazoado sugerindo que, pra se dar bem com as nossas mulheres, é preciso estudar com afinco o comportamento dos tolos. Por coincidência, é também o conselho que Seth Kugel oferece a seus conterrâneos paqueradores: sejam tolos, integralmente tolos. Nada de hesitações e sutilezas no trato com as guapas brasucas. Negócio é cair de boca na pitchula diante de todo mundo, crivando sua cara e seus lábios dos mais ardentes beijos, que é pra já ir demarcando território sem perda de tempo. Na velha linha do que é bom para os Estados Unidos é bom para o Brasil, e vice-versa, talvez valesse a pena seguir o conselho do Seth pra ver que bicho dá. Se não der certo, reclame com o americano. Ou com o Machado de Assis. Ou com a freirinha de Dourados.

Broxare humanum est

A primeira questão envolvendo a imprevista impotência sexual masculina é: broxa-se ou brocha-se? É com X ou CH que se passa o clássico vexame? Alguns dicionários, como o Houaiss, tendem a dar preferência à brochada, ressalvando que também é permitido broxar à vontade. Por mim, quem encerra a questão é o grande Rubem Fonseca, que, ao tratar do assunto com sua antiga editora, a Heloisa Jahn, na Companhia das Letras, resumiu: "Broxar é com X, porra!" Quem me contou isso foi a própria Heloisa, às gargalhadas.

Certos seres humanos conseguem passar a vida, ou a melhor parte dela, sem se preocupar com essas questões, tanto a ortográfica quanto a eretiva, caso do atacante Emerson Sheik. Numa entrevista coletiva concedida no auge da sua atuação pelo Corinthians, o jogador viu-se instigado a comentar uma declaração do Tite, técnico do time na época, segundo a qual, um time como o Corinthians cair pra segunda divisão equivalia a uma broxada. O craque, que não fazia parte do esquete corintiano em 2007, quando o time escorregou pra segunda divisão, veio com essa: "Poxa, eu nunca broxei e nunca fui rebaixado. Não posso responder a essa pergunta." Pra completar, provocou os jornalistas presentes: "A galera mais velha aqui da sala deve saber responder", suscitando risadinhas seguidas de um prolongado silêncio no ambiente, apenas entrecortado por pigarros constrangidos.

Considerando, porém, que nem todo mundo é jovem, atleta, rico e famoso, nem sheik ou marajá, podemos afirmar sem medo de errar que, se foder é divino, broxar é humano, demasiadamente humano. E tanto que pode até render comédia, como no romance *Money* do inglês Martin Amis, que saiu no Brasil como *Grana*, pela Editora Rocco e virou filme para a televisão produzido pela BBC. Em suas páginas acompanhamos as patifarias de John Self, personagem com esse nome solipsista, diretor de filme publicitário, glutão, bebum, drogado, pornógrafo, racista, homófobo, putanheiro e hedonista em tempo integral, que arranja uma namorada periguete, a Selina, com uma só ideia na cabeça: grana. John Self, de sua escabrosa parte, só pensa naquilo: sexo, de preferência sujo, violento, desapaixonado. É o que cada um ali quer do outro: ela, a grana dele. Ele, sexo tosco de ogro bêbado com ela. Só que Selina, espertinha da silva, negaceia, dizendo que só dá depois de casar. Isso, não sendo mais virgem nem nas axilas.

John Self, então, se casa com Selina, a biscatinha dinheirista. A primeira trepada dos dois é memorável. Selina começa topando a transa, mas inventa de refugar no meio, levando um John Self chapadão a tomar uma decisão radical: estuprá-la. Depois da parte dos bofetões e do esforço para manietar sua legítima vagaba, o maluco se vê entre as pernas dela, em posição de consumar o ato. Quer dizer, numas, já que surge um empecilho operacional: seu pau está irremediavelmente mole. Estuprador broxa durante o estupro — esta seria a legenda da cena.

No final dessa primeira broxada, ânimos serenados, depois das devidas desculpas à moça pelo mau jeito, o que faz o estuprador broxa?

"Tentei estuprá-la novamente", ele conta, com sua candura escrota.

Pois então. Tirando as conhecidas causas patológicas da broxidão, como doenças coronarianas, renais, diabetes, cocaína e pifão atroz, a gente sabe que é a cabeça de cima que interfere na de baixo, despejando sobre ela toneladas de inibições, culpas e idealizações babacas. Só que na hora H não adianta nada saber disso. Broxou tá broxado, mermão. E o que fazer pra tentar algum remendo numa tal situação de bosta? Dizem os entendidos que partir pruma *minette* caprichada até a mulher gozar bem gozado na sua boca pode render bons dividendos. E se, enquanto está lá degustando-lhe a buceta, você tiver a manha de esticar um braço e sintonizar um mamilo com libertina delicadeza, melhor ainda. Um dedo introduzido com perícia no lugar certo, na hora certa, durante o chupa-e-lambe, também não costuma ser recusado. Sempre é uma penetração, ao fim e ao cabo — ou cabinho.

E, olha, tenho pra mim que numa primeira trepada, que pode muito bem ser a última, algumas gurias até preferem tais devoções secundárias, em vista, por exemplo, de pirocões mastodônticos, que poderiam lhes provocar algum estrago na genitália, ou de piroquinhas miniaturas que passariam, ao contrário, em brancas nuvens.

É só você pensar no caso inverso: a mina não quer se deixar penetrar na hora H, desprovida de tesão e lubrificação, mas, generosa, se atira de boca na sua pica nervosa e te faz feliz. Algumas, não sei bem por quê, tomam também a iniciativa de entuchar um dedinho no seu fiofó durante o boquete, o que alguns cavalheiros até curtem, como tenho ouvido dizer. Mas, com ou sem dedo na toba, não é melhor um boquete de consolação do que apertar o pau duro na cueca e ir socar uma no banheiro, puto da vida?

Broxar, enfim, não é nenhum fim do mundo. Ao broxar, convém encarar a coisa com certo humor, que é pra descontrair o ambiente e facilitar uma eventual segunda tentativa. Não custa arriscar as gags consagradas, tais como "Nossa, deve ser alguma coisa que eu não comi!". Ou "Não liga, não. Ele faz isso só pra chamar atenção". E um galanteio, mesmo que mequetrefe, sempre cai bem: "Isso já tinha me acontecido antes, mas não com uma gata tão gata quanto você, gata."

Em matéria de broxada, há quem apele para o que poderíamos chamar de profilaxia da falha eretiva, ou prevenção do vexame, em latim vulgar. Pra começo de conversa, evite arrastar a companheira pra cama quando estiver muito bêbado, cheirado, culpado, deprimido ou apenas desinteressado. A chance de não dar certo é altíssima. A menos que a mulher te encare como um macho-tupperware — aquele que elas guardam pra comer no dia seguinte. Se houver dia seguinte.

Outro conselho, tão óbvio quão pouco observado por baladeiros afoitos: evite pegar alguém que não lhe fale com suficiente eloquência ao pau. Nada de jogar a rede pra cima daquela feiosa com três queixos que sobrou na mesa, a menos que algo nela te dê algum tesão genuíno, os peitos, a bunda, a inteligência, o senso de humor ou mesmo um daqueles queixos. Evite as muito chatas, burras ou arrogantes, mesmo que sejam injustas encarnações de uma Ísis Valverde ou de uma Scarlett Johanson. Na hora da cobra fumar ela vai dar um jeito de ter alguma atitude escrotinha, como sugerir que você tome um banho antes, com cara de quem está abraçada a um provolone embolorado de cantina decadente, sendo que, enquanto você tá lá no chuveiro ensaboando o seu pau duro, ela tem a manha de achar um sertanejo universitário ou um Justin Bieber na FM mais imbecil do dial. Aí é melhor você tomar uma azulzinha extra porque a parada vai ser dura, velho.

Não caia também feito um pato manco na sedução afoita de coroas carentes, a menos que você sonhe com coroas carentes desde criancinha. Por gentileza e cavalheirismo você pode acabar chegando às vias de fato com a tiazona só pra constatar o que já temia desde o início: seu pau é bem menos cavalheiro e gentil do que o seu coração e se nega a dar conta do recado. Mais vale dar uma desbaratinada no tesão da coroa logo de cara, enquanto os dois ainda estão vestidos, do que lhe apresentar uma benga mole na cama. Não acho que haja excessivo machismo nessa observação. Um pouco, talvez, mas não muito. A ideia básica é: só porque uma quarentona ou cinquentona com fogo no rabo tá dando sopa não quer dizer que você tem de provar da sopa.

Qualquer mulher é filha de Deus, claro, em qualquer idade, e merece todo amor e carinho de um homem, mas esse homem não tem necessariamente que ser você, correto? Deixe outro cara cuidar disso noutra hora e peça mais um chope. Ou, à maneira das noveletas picarescas portuguesas, dê às de Vila Diogo. Diga que vai fumar lá fora e dê no pé, na boa. Se tiver algum contato com ela nos dias subsequentes, diga que sofreu um sequestro-relâmpago. Porque o tesão, meu amigo, não é, nunca foi generoso. Isso vale pra homens e mulheres de toda orientação sexual.

Contas somadas, se eu fosse um autor de autoajuda, diria ainda o seguinte: se você suspeitar que existe um risco de broxar, por menor que seja, não se iluda: você *vai* broxar. E não há sildenafil nem iôga-em-bertiôga que dê conta do recado. Broxar é chato, mas faz parte do jogo erótico. Se até um monumento à feminilidade como a Luana Piovani já declarou em entrevista que "milhaaaares" de homens broxaram com ela, é porque o desagradável fenômeno psicovascular é bem mais frequente do que nós, os varões assinalados da espécie, estamos dispostos a admitir. E sendo que a maior parte desse contingente de valorosos varões nunca teve uma Luana Piovani ao alcance do membro varonil.

Muitos homens passam ao largo dessas nuances e declaram que o melhor mesmo a fazer depois da odiosa "falha eretiva" é proclamar um soleníssimo foda-se e ir cuidar da vida, sem perder tempo com escusas ou tentativas de levar a mulher ao orgasmo por vias alternativas. Agora, se você não está doente e anda dando broxadas em série, aí, meu chapa, o jeito é chegar no brotinho e sussurrar-lhe ao ouvido a velha tirada do ancião safado, que ainda faz sucesso junto às novas gerações: "Se você gostar de pau mole, vou levá-la à loucura!"

Ménage atroz

Daí, a loirinha começou a me chupar com tanta volúpia que eu precisei desgrudar a minha boca da xana da morena e lhe implorar: "Para! Para!" A loirinha, uma mistura de Gisele Bündchen com a dona Cleide, minha professora de geografia do ginásio, parou, então, de me boquetear antes que eu inundasse sua boca com meu espumante código genético. Ato contínuo, carquei meu romântico e disponível biroldo na xana da voluptuosa morena que eu cunilinguara até ali, liberando a loira pra ir assentar seu sexo em chamas na boca da morena que eu fodia agora com força e maestria, de modo que eu, a loira e a morena nos locupletássemos ao mesmo tempo naquela tremenda lambança orgástica conhecida nos meios libertinos como um ménage à trois.

Quando dei por mim, essa configuração já tinha se alterado, ao sabor das demandas de três libidos excitadas, e não é que a maluca da loira tinha tido a estranha ideia de tirar a xota da boca da morena pra vir me aplicar uma assepsia lingual no meu vetusto roscofe, aproveitando a minha posição do missionário sobre a morenaça? Ê, dona Cleide, quem diria, hein? O dito puíto meu, diga-se a verdade, até que já estava bem limpinho depois dos mergulhos e braçadas e safadezas que a loira, a morena e eu, pelados, tínhamos performatizado na piscininha do quarto master superplus do motel *La vie en prose*, momentos antes.

Temendo, porém, que a minha Vênus platinada, uma vez lubrificado de cuspe meu orobó, estivesse planejando introduzir ali um de seus dedos anelados e dotados de unha comprida e pintada de vermelho sangue, resolvi acordar e salvar meu rabicó de tão incômodo destino. Sim, meu amigo, esse escrofuloso relato a la cinquenta tons de marmelada não passou de uma fantasia subliterária que eu tive agorinha, antes de começar os trabalhos.

E, bom, meu caro, duvideodó que você mesmo não tenha tido nos últimos trinta dias, ou mesmo nos últimos trinta minutos, alguma fantasia menageira desse tipo, envolvendo duas mulheres de compleições diferentes — a loira e a morena, a ocidental e a oriental, a branca e a negra, a junky tatuada e a esportista sarada —, de modo a tornar a sacanagem mais cromática e apimentada. Minha teoria é que todo macho da espécie sonha ter a inebriante experiência de traçar duas beldades ao mesmo tempo na cama, apesar de dispor de um único membro viril com o qual desfrutá-las. E não tão poucos, suponho, já viveram essa experiência. Atire a primeira camisinha usada quem for capaz de me desmentir.

O que eu já não tenho tanta certeza é se muitos dos admiradores do belo sexo já cogitaram a hipótese de transformar um triângulo amoroso desse tipo no seu modus vivendi cotidiano, ao invés de vivê-lo apenas como uma fantasia passageira tornada realidade numa noite de bebedeira em companhia de duas moças animadas. Sim, fantasia à parte, estou falando em tocar a vida a três na cama e na mesa, na saúde e na doença, na alegria e na tristeza, na carência e na fartura, e de papel passado em cartório, como se verificou outro dia em Tupã, cidade de sessenta mil habitantes do interior de São Paulo.

Num burocrático dia tupânico qualquer, a funcionária de plantão no tal cartório viu entrar um homem e duas mulheres que se sentaram à sua frente, depois de procurar uma terceira cadeira para o homem, que havia cedido as duas disponíveis às mulheres, como reza a boa educação cavalheiresca. Em seguida, abriram o jogo: estavam os três ali para requerer em juízo que se lavrasse o registro de sua união estável, a qual, segundo eles, já durava três anos, com o beneplácito de suas respectivas famílias.

Orientados por um jurista, saíram de lá com uma "escritura declaratória de união poliafetiva" a lhes garantir comunhão parcial de bens e, o mais importante, a lhes dar uma base legal para, no futuro, se for o caso, recorrerem à Justiça reclamando benefícios análogos aos de qualquer casalzinho binário, hétero ou homossexual, tais como pensão, herança e inclusão dos cônjuges como dependentes perante o fisco e o plano de saúde. Pra todos os efeitos, o trio de Tupã constitui uma família, não só de fato mas também de direito. Esse é o primeiro ménage à trois oficial de que se tem notícia no Brasil. Ou seja, a minha, a sua, a nossa manjada fantasia sexual transita agora livremente pelo mundo administrado.

Só desejo felicidade e prosperidade à família triangular de Tupã. Mas acho um tanto broxante esse negócio de institucionalizar uma velha fantasia sexual. Tô fora, mesmo que venha a ter um caso triangular com duas cidadãs num futuro improvável. Não me casaria com duas mulheres ao mesmo tempo nem fodendo — as duas mulheres. Pra começar, como reviver a cena clássica do noivo carregando a noivinha no colo pela alcova nupcial adentro, sendo que, no caso, seriam duas noivinhas? Só mesmo o Schwarzenegger no auge da malhação. A alternativa seria carregar uma primeiro, deixando a outra esperando na soleira da porta pra ser carregada em seguida. Além do esforço duplicado, a noiva que ficou esperando com toda certeza ia dar algum tipo de piti por ser carregada depois da outra. O casório já iria começar com um áspero bate-boca.

O próprio ménage em si, embora muito excitante como fantasia, pode apresentar na prática os habituais perrengues inerentes a qualquer relação afetiva: ciumeira entre as mulheres na disputa renhida pelo único galo do terreiro, ou, ao contrário, excesso de apego entre elas, em detrimento do zé-mané relegado ao papel de mero espectador do entrevero das aranhas e vendo seu pau virar uma inútil paisagem. E essas são apenas algumas das ocorrências negativas relatadas na vasta crônica menageira. Já pensou viver isso todo santo dia ao chegar em casa do trabalho ou ao baixar à cama, depois do jantar e da TV?

De fato, a perspectiva de um trio libertino cair numa rotina conjugal, com roncos e flatos noturnos, contas a pagar e duas mulheres com TPM todos os meses, é algo que jamais cogitei no meu imaginário erótico. E esse negócio de dar duas por dia com duas mulheres não deve ser mole não. Haja pau, haja compreensão e tolerância pra com o universo feminino, haja saco pra aguentar duas patroas reclamando disso e daquilo, uma delas reivindicando uma caríssima reforma na cozinha, a outra insistindo em trocar todos os móveis da sala. E haja grana também, se o macho da espécie for o provedor do "casal poliafetivo". Sem falar na possibilidade nada remota, em se tratando de um relacionamento estável, de as duas consortes darem o azar de engravidar ao mesmo tempo, pois é sabido que o ciclo menstrual de mulheres que vivem juntas tende à sincronia com o passar do tempo. E imagine só se uma delas tiver gêmeos? Ou as duas??

Ah: e o que fazer com duas sogras de uma vez? É ruim, hein?

Outras questiúnculas podem ser aventadas. Por exemplo, quem do tricasal vai monopolizar o único controle remoto da única TV de plasma com home theater comprada a prazo numa liquidação das Casas Bahia? E se o único veículo da família for uma moto? E se o trio morar num apê com um só banheiro — numa quitinete, por exemplo. Aí seria o caos completo, a menos que o penico seja reabilitado como utensílio doméstico de uso escancarado. Dois penicos, na verdade.

E já pensou esperar na porta de casa com a chave na mão por duas mulheres se aprontando pra sair, uma doida porque não acha o casaquinho preto, a outra louca porque não encontra o batom vermelho, ou as duas às turras porque uma pegou o casaquinho da outra e o largou não sabe onde e a outra pegou o batom da uma e também não lembra em que bolsa deixou? Daria pro Dante escrever e revisar toda a *Divina comédia* durante essa interminável espera.

Cara, apesar da notória monotonia do casamento monogâmico, se for pra morar junto com alguém ainda sou mais a velha fórmula "um só papai & uma só mamãe". Sei que é horrivelmente antiquado, coxinha e retrógrado pensar e agir dessa maneira. Mas, com alguma sorte e habilidade, não são poucos os homens que conseguem mitigar a mesmice conjugal com umas puladas de cerca ocasionais pra dar uma *vareiada*. É bem verdade que também não são poucas as fêmeas da espécie que fazem a mesma coisa, o que é ótima notícia se você for o amante delas, não o marido. Se você for o maridão, aí cumprica, né cumpádi? Ser traído por uma mulher só já é o cão. Por duas, então, é um cão bicéfalo. Não ia sobrar espaço na sua testa pra tanto galho, situação capaz de tirar do sério o mais liberal dos suecos. Ô lôco...

É ferro na boneca!

Nem bem os holofotes da mídia saíram de cima do suposto hímen da Ingrid Migliorini, a catarinense que leiloou sua virgindade pela internet, e já se veem os benditos holofotes desse abominável clichê retórico atraídos por outra vagina que vai a leilão em hasta pública. Dessa vez, porém, trata-se de uma vagina sintética, feita de algum tipo confortável de borracha com silicone pertencente à anatomia de uma "real doll", ou boneca inflável de última geração, em tamanho natural. Ou seja, tem holofote da mídia que se diverte pra caralho nessa vida, ora iluminando um himenzinho humano daqui, ora uma vagininha sintética dali. É vidão.

Você deve se lembrar da Ingrid Migliorini, vulgo Catarina, sobre quem já escrevi aqui. A brasuca de vinte aninhos chegou a atrair um lance de setecentos e oitenta mil dólares de um japonês pelo privilégio de destroçar seu hímen. Mas, pelo visto, o japa ficou a ver navios, em vez de chibius, pois a marvada Ingrid acabou desistindo da brincadeira na última hora. Não sei o que a levou a tirar seu hímen da reta, nem o que ela fez com sua midiática virgindade. Talvez tenha se afeiçoado tanto à sua membraninha intravaginal, responsável, afinal de contas, por promovê-la a celebridade mundial, que resolveu continuar virgem indefinidamente, valendo-se de orifícios alternativos para exercer as artes amatórias. É possível, sei lá.

Já a virgindade sintética da Valentina, a tal da "real doll", a boneca inflável ultrarrealista, que acaba de aportar no Brasil, trazida por uma sex shop internética, essa continua no páreo e já recebeu lances na casa dos cem mil reais, uns cinquenta mil dólares e lá vai fumaça, ao câmbio de hoje. Segundo os gênios da lâmpada mercadológica que promovem o leilão, Valentina é toda feita de cyberskin, a tal borracha com silicone, e dispõe até de um esqueleto articulável que promete contorcionismos mirabolantes. De bônus, exibe pelos e pentelhos implantados um a um na cabeça e no púbis. Ignoro se ela vem com um hímen artificial que se rompe na primeira relação, com derramamento de sangue cênico. E não sei se tiveram a ideia de dotá-la de um competente buquê bucetal, com refil da substância odorífera suficiente pra cinco anos de uso e abuso por parte de seu amo de carne e osso. Por cinquenta mil dólares eu exigiria tais itens, que me parecem indispensáveis.

Vendo as fotos em alta definição das "moças", confesso que fiquei meio pasmo e com a cabeça povoada por ideias extravagantes ao me dar conta do grau de realismo que os caras conseguiram atribuir às novas bonecas infláveis. Valentina, então, é uma tremenda gata. Já vejo o dia em que o grupo Femen sairá às ruas pedindo "Liberdade para as bonecas infláveis!" e assaltando sex shops pra roubar as fofoletes, inflá-las com gás hélio, escrever em seu corpo palavras de ordem — "Abaixo a prostituição" e "Pena de morte para estupradores" — e soltá-las, livres e peladonas, nos ares das grandes cidades, pra delícia da rapaziada.

Não deixa de ser surpreendente alguém se dispor a desembolsar cinquenta mil verdinhas pelo direito de estrear um produto que pode ser adquirido por cerca de 3% desse valor no próprio sex-site que promove o leilão. E sendo que a velha expressão "lavou, tá novo" se aplica à perfeição a bonecas sexuais. Com um bom sabão, nem aids tem vez. É bem verdade que o ganhador do leilão adquire o direito a uma noite com Valentina numa "suíte presidencial" de motel de luxo, regada a champanhe francês que nem precisa ser dividido com ela: bonecas infláveis são notórias abstêmias. Mesmo assim, cem mil pilas me parece um pouco demais pra se ter a honra de ser o primeiro a meter a mandioca num objeto feito de ar, borracha e silicone.

Certo estava o grande pilantra americano do final do século XIX, o P.T. Barnum, que dirigia um bem-sucedido circo de aberrações humanas e prodígios *fake*: "A cada minuto nasce um otário", dizia ele, achando que cometia um exagero cômico referindo-se ao público disposto a pagar pra ver o monte de lixo que exibia em seu palco ambulante. Hoje, com pelo menos cinco otários nascendo a cada segundo, P.T. Barnum pareceria um ingênuo humanista tentando insuflar alguma crença no futuro do planeta ao comentar que "apenas" um otário nascia a cada sessenta segundos.

O leilão da virgindade da real doll fez parte da inusitada 1ª Mostra Internacional de Bonecas Infláveis, promovida pelo mencionado sex-site pra alavancar as vendas de seus produtos eróticos. A mostra contou até com um Barack Obama inflável, equipado com um dote supostamente compatível com sua condição de líder do país mais poderoso da Terra. Se aquilo for verdade, a Michelle Obama não tem do que reclamar.

Cara, confesso agora, escrevendo este texto, que me arrependo um pouco de ter perdido a oportunidade única de ir à feira das bonecas infláveis pra conhecer as incríveis beldades que não ligam pra viagens maravilhosas, shopping tours e jantares em restaurantes franceses que arrasam com sua conta bancária e sua flora intestinal. Também não te telefonam quando você tá enchendo a cara com os amigos a exigir a sua volta incontinente pra casa, e jamais lhes passa pela cabeça oca a ideia de ter filhos ou de reformar a cozinha.

E mais: elas não têm pai nem mãe pra virarem teu sogro e tua sogra, não exibem sintomas floridos de TPM uma vez por mês, não engordam, não se deprimem, não envelhecem, não reclamam se você cair na cama de porre às cinco e meia da manhã com um tênis ainda no pé pra passar as próximas oito horas roncando e peidando à vontade, e não negaceiam se você acordar com um puta bafo de onça e de pau duro clamando por uma trepada ou um boquete antes de ir mijar e, eventualmente, vomitar e cagar — mijar, vomitar e cagar de porta aberta, *bien sûr*. Com uma mulher feita de cyberskin você não precisa ser excessivamente romântico.

A real doll não se importa nem mesmo se você tiver passado a noite a murmurar o nome de uma tal de Táti ou Suélen. Na real, ela não liga nem se você trouxer a Táti ou a Suélen pra casa. E a Táti ou a Suélen, por sua vez, também não vão estrilar se toparem com a Valentina na sua cama, embora me pareça mais apropriado desinflá-la antes e escondê-la no armário.

Elas são, de fato, incríveis, as novas bonecas infláveis. Uma delas, a doce Amelie, prima por parte de silicone da Valentina, vem com uma reentrância circular no topo da cabeça pra você encaixar um copo ou uma latinha de cerveja. Nada mais prático, sobretudo se você estiver carcando a rôla na boquinha de madame, boquinha essa que devia vir dotada de um sistema eletrônico de sucção cuja intensidade chupativa correspondesse ao ritmo, maior ou menor, das estocadas que você lhe dá na cavidade bucal. Mesmo sem a sucção eletrônica, porém, é sabido que qualquer boneca engole a sua gala sem a menor relutância. E nunca se ouviu falar de uma real doll que tenha mordido com excessiva força a piroca do seu amo.

Não tendo, todavia, cacife pra arcar com uma real doll — não sei por que eles não organizam um consórcio de real dolls com sorteios semanais pela internet —, você pode dar uma de Jack, o Estripador, e arrematar apenas as partes que mais lhe interessam da parceira virtual. Pelo menos é o que apregoa o site sexônico.com, que comercializa as Valentinas, Amelies e congêneres e promove esse leilão absurdo da virgindade de uma boneca inflável, iniciativa que faria surrealistas históricos como Breton e Dalí se sentirem os mais toscos realistas socialistas soviéticos, perfeitos idiotas ululantes da mais prosaica objetividade, como diria Nelson Rodrigues.

Uma dessas partes avulsas da anatomia das bonecas que você pode adquirir em separado é a "vagina realística em cyberskin com vibro", dotada de um tufo de elegantes pelos pubianos em torno da vulva, conforme apregoa o catálogo. O mimo sai por R$ 89,90 (uns quarenta e cinco dólares, em abril de 2013), pentelhos inclusos. Se você preferir algo ainda mais realista e completo, e se a sua carteira estiver devidamente fornida, a grande pedida é uma retroxavasca com bunda denominada "vagina e ânus com cápsula vibratória", que sai por nada módicos R$ 849,90. Pelo visto, bastou botar cu e xota juntos no mesmo endereço que o preço sofre uma colossal ereção. Só não me pergunte onde é que é pra enfiar a tal cápsula vibratória, se no fiofó ou na vagina de borracha da retro-xavasca — ou se no rabo do freguês.

Agora, se esses preços ainda te parecerem por de-mais salgados, o jeito é se contentar com as mimosas op-ções zoófilas do Sexônico, como uma porquinha inflável, a Love Piggie, e até mesmo um simpático burrinho, o Shake-a-little Ass. Pra quem não sabe ou esqueceu, *ass*, em inglês, significa, ao mesmo tempo, brioco e burro. No quesito economia, o burrinho é imbatível: sai por ínfimos três reais! E o fabricante ainda garante que você não corre o risco de levar um coice no saco quando gozar no ânus de plástico do tolerante muar.

É bem antigo, de fato, o desejo masculino de pos-suir uma mulher-robô, resistente a chuvas e trovoadas, fi-delíssima, higiênica, afável ao extremo e sempre disposta a realizar qualquer fantasia que passe pela cabeça de seu amante. Em fins do século XIX, o escritor francês Villiers de L'Isle-Adam escreveu um romance, *A Eva futura*, em que um nobre inglês entediado e milhardário pede ao in-ventor norte-americano Thomas Edison, pai da lâmpada elétrica e do gramofone, que lhe produza uma mulher ideal em seu laboratório. Sua ideia era que o cientista clo-nasse as formas de sua belíssima esposa plebeia, que, ape-sar de toda a sua beleza, irritava o nobre com uma vulga-ridade de mulher moderna ligada em modas e novidades, e dotada de uma visão prática e utilitarista da vida. Assim nasce Hadaly, um esplendor de imperecível beleza, inte-ligência, cultura e sensibilidade, tão excelente e realista em seus dotes artificiais que chegou a se investir de uma alma humanoide, algo que nem o Thomas Edison havia previsto. Feliz da vida, o nobre manda a mulher de carne e osso ir passear pra sempre e fica com seu clone, um ser muito mais refinado e próximo dos seus altos ideais de cavaleiro medieval de espada e penacho.

Dois milênios antes, o poeta romano Ovídio (8 d.C.) já mencionava o mito de Pigmalião, o exímio escultor helenista que, cansado da desapaixonada pegação geral que rolava na ilha de Chipre, onde vivia, e ansiando por um grande amor, único, puro e verdadeiro, esculpiu em marfim a mulher dos seus sonhos, batizada de Galateia. Tão perfeita ficou Galateia, e tanto o artista se apaixonou por sua criação, que Afrodite, a deusa do amor, apiedou-se do enamorado Pigmalião e insuflou vida real na estátua. E os dois foram felizes pra sempre no mito e na cama, que, no mínimo, devia ser de mármore. Só não sei se o Pigmalião teve a manha de providenciar uma cavidade na cabeça da Galateia pra encaixar sua taça de vinho durante os folguedos orais. Mas tenho pra mim que não. Nenhum mito resistiria a tamanha esculhambação.

Aventuras da porra louca

Você deve conhecer aquela piada do sujeito que, ao caminhar pela zona, sente cair-lhe na testa uma gosma meio morna e solta um "Que porra é essa?!", antes de passar a mão na meleca e constatar, numa consternação enojada: "É porra mesmo..."

Fim da piada.

Já ouvi uma versão dela em que o cidadão esporrado é chinês. "Que pôla é essa?", diz ele. Quem a contou esperava que a piada ficasse mais engraçada assim. "É pôla mesmo..."

Com chinês ou sem chinês, a verdade é que se trata aqui de mais uma dessas piadas que você precisa anunciar o fim, pra que o ouvinte decida se vai rir ou te mandar catar coquinho no cemitério. Mesmo assim, essa anedota tosca nunca saiu da minha cabeça, com toda a sua cretinice infantiloide e profundo déficit cômico, desde que a ouvi pela primeira vez na pré-adolescência, quando, ainda aprendiz de punheteiro, executava em surdina de duas a três punções espermáticas por dia, senão mesmo quatro ou cinco, a depender do dia e das motivações, e vivia, pois, em contato íntimo e diário com porra voadora, a minha mesmo, no caso.

Por isso mesmo, não me parecia nada improvável levar uma espermada anônima no meio da cara ao andar por alguma zona do meretrício, num sábado à noite, por exemplo, numa rua tomada por treme-tremes lotados de putas e seus clientes em intensa fodelança. Vai que alguém ejacula pra fora num quinto andar e a porra salta pela janela e te acerta lá embaixo na calçada. Se a piada existe, é porque um tal acidente já deve ter acontecido com alguém. Talvez com um chinês mesmo, vai saber.

Mas por que estou me lembrando disso agora, porra? Sei lá — pôla. Minha mente deve estar ruminando umas reportagens que, lidas em conjunto, atestam o quanto o esperma humano pode sair do controle de maneiras insuspeitas, em seu afã de buscar novos horizontes fora do saco do ejaculador. E isso não deixa de ter seu interesse, digamos, antropológico e mesmo político, como se verá.

Uma dessas matérias saiu na *Folha de S.Paulo*, escrita por Diogo Bercito, e relatava um esquema de contrabando de esperma das prisões israelenses, onde estão confinados cerca de quatro mil e setecentos palestinos acusados de terrorismo. Um caso específico, citado pelo jornalista, envolve um militante anti-Israel, Ammar al Ziben, de trinta e oito anos, condenado à prisão perpétua. Ammar, que já está em cana há dezesseis anos, acaba de ter um filho com sua legítima esposa, Dallal al Ziben, com quem já tinha dois filhos quando foi preso por terrorismo, aos vinte e dois anos.

A novidade é que o novo bebê palestino não foi fruto de uma visita íntima, regalia que as autoridades israelenses negam aos prisioneiros palestinos. Nem tampouco o preso se teleportou na calada da noite pra ir fecundar sua amada longe dali, retornando ao xilindró antes do nascer do sol, feito um herói romântico de alguma novela fantástica.

Aconteceu foi que uma dose de sêmen do cara conseguiu transpor os muros da prisão de segurança máxima pra ir ter com sua mulher a muitos quilômetros da ponta de seu pênis, mais precisamente num asséptico laboratório clínico, em Nablus, na Cisjordânia. Ali o dr. Salim Abu Khaizaran, geneticista palestino, apresentou o espermatozoide do jihadista cativo ao óvulo de sua mulher, que foi, então, implantado no útero da moça. Outras oito palestinas casadas com militantes presos também estão hoje grávidas por inseminação artificial. E amostras do sêmen de mais de sessenta detentos aguardam numa geladeira a hora de flertar com os óvulos de suas mulheres, com quem eles não podem ter relações.

Na ultraconservadora sociedade palestina, regida pelas medievais leis islâmicas, a mulher de um "mártir" encarcerado não pode mais ter contato afetivo e sexual com homem nenhum até o fim da vida, que é pra não desonrar o esposo, suprema ofensa passível de chibatadas e apedrejamento. Ou forca, na melhor das hipóteses. Graças, porém, aos secretos métodos de colheita e contrabando do sêmen de Ammar, sua amada Dallal continuará a ter filhos com ele. Para o palestino em cana, a operação toda não deixa de representar uma espécie de fuga simbólica. Afinal, a porra do cara conseguiu varar os espessos muros de concreto da prisão israelense. Porra é foda, meu chapa, e um bom espermatozoide pode viver até duas horas num copinho esterilizado ou dentro de uma camisinha, o que torna possível o esquema do dr. Khaizaran.

Outro exemplo clássico de porra louca, esse bem menos heroico, veio dos Estados Unidos. Foi no ano da graça de 1999 do século passado, quando o dr. Richard

O. Phillips convidou sua colega médica, a dra. Sharon Irons, pra tomar uns drinques e trocar uma ideia em algum mocó confortável. Daí, papo vai, mão-boba vai e vem, e lá estava o dr. Richard com sua sonda peniana na boca da dra. Sharon, que não hesitou em lhe pagar um boquete com generosa finalização intrabucal. Um autêntico Ricardão, esse dr. Richard, pois a dra. Sharon era casada na época. Do ponto de vista do ejaculador, tudo levava a crer que a sua colega deglutia numa boa a papinha biológica que ele acabara de lhe ofertar, prova de afeição, senão mesmo de amor, louco amor, pensou ele. Se é que a doutora apenas nutria uma gula específica por aquele tipo de iguaria libidinosa.

Na real, o que a safada da dra. Sharon fez foi correr pro banheiro pra cuspir a carga genética do dr. Richard num recipiente previamente esterilizado, que ela se encarregou sem perda de tempo de acondicionar num isopor ou bolsa térmica com gelo dentro, fora das vistas do seu recém-ordenhado amante. Quando o dr. Ricardão se mandou, a dra. Sharon correu até uma clínica de fertilização com a porra do amado devidamente acondicionada. Nove meses depois nascia uma criança com o indelével DNA do dr. Ricardão, conforme se comprovou em juízo.

Se a doida da médica tinha planos de criar um caso consumado pra se separar do marido e ficar com o dr. Richard, se deu mal, pois quando o baby veio à luz, o superfértil dr. Ricardão não era mais amante, namorado ou ficante da dra. Sharon. Ele ficou é muito puto e processou a médica boqueteira por ter-lhe armado essa arapuca genética que resultou numa graciosa menininha chamada Serena. Mas o meritíssimo juiz, em sua sentença, expedida em 2003, acatou a tese da defesa, segundo a qual "o reclamante [o dr. Ricardão] entregou seu esperma à reclamada a título de presente, configurando assim uma transferência absoluta e irrevogável de titularidade da propriedade, o sêmen, no caso, de um doador para uma donatária, sendo que não havia nenhum acordo estipulando a devolução, a pedidos, do bem doado".

Acordo estipulando a devolução do "bem doado"? Que bem doado? A porra? Puerra, confesso que estou do lado do doutor nessa querela. Tal seria se lhe tivesse passado pela cabeça dizer pra dra. Sharon um segundo antes de gozar em sua boca:

"Ouça, honey, eu estou prestes a depositar na sua língua alguns milhões de espermatozoides de minha propriedade, mas só libero a cambada se você me garantir a devolução de cada um deles. Por via das dúvidas, assina aqui esse documento. Tó a caneta. Mas não precisa parar de chupar, não... oh... ah... humm... isso!... uau!... assina! assina!..."

Absurdo o raciocínio desse juiz, que, com certeza, jamais gozou na boca de alguém. Pra mim, tá mais do que implícito na relação que aquela não é a via régia pra se engravidar uma mulher, nem por descuido. Mas, pro magistrado americano, esporrou tá esporrado. Ele devia ter por referência jurídica algum tipo de jus boqueteandi dos antigos romanos, ou porra que o valha. E, ainda por cima, ordenou que o dr. Ricardão pagasse oitocentos dólares por mês à mentora do ardiloso chupetão procriativo, a título de bolsa educacional em favor da garota Serena. Esse aí nunca mais se deixa boquetear sem camisinha — dupla. No máximo permitirá que a parceira escolha o sabor da camisinha.

Portanto, amado leitor, depois dessa, quando for se entregar aos folguedos orais com sua amada clandestina, não se esqueça de fazê-la assinar o mencionado termo de "Devolução integral de todo produto biológico de natureza genética que vier a ser depositado pelo doador na cavidade bucal da donatária durante a execução do sexo oral." (Anotou?) Capaz que as suas próximas namoradas venham a achar meio estranha essa precaução. Uma ou outra talvez apanhe a bolsa e rume a passo duro pro elevador, ofendida. Mas, acredite, vai ser bem melhor pra você do que ser obrigado por um juiz feminista a desembolsar uma grana preta de advogado e custas judiciais, além de passar os próximos vinte anos pagando escola pruma tal de Serena que você não faz a menor questão sequer de conhecer.

O cheirinho do amor

O que é a vida, afinal? É o que se pergunta um personagem do Philip Roth no romance *Pastoral americana*, providenciando ele mesmo a resposta: a vida não passa do curto período de tempo no qual estamos vivos. Grande sacada ou suprema obviedade? As duas coisas ao mesmo tempo, acho, e nisso se revela a genialidade de um grande escritor como o Roth. Grandes sacadas qualquer escriba razoável volta e meia tem uma ou duas ao longo de sua obra. Supremas obviedades qualquer escritor medíocre também comete às dúzias em cada parágrafo que fatura. Mas uma grande sacada que pode ser confundida com uma suprema obviedade, e vice-versa, isso é coisa de gênio, nada menos.

Em todo caso, posso afirmar, sem grande margem de erro, e sem ter muito o cu a ver com as calças, que, nesse curto período de tempo em que, digamos, um português ou descendente de portugueses permanece vivo, ele há de comprar bacalhau para ser comido em algumas efemérides do ano, seja porque é sexta-feira da paixão, seja porque é aniversário de alguém, seja porque lhe deu gana de comer bacalhau só pra comemorar o fato de que ele ainda está vivo — o português, não o bacalhau. Tal constatação pode ser taxada de óbvia, admito, apesar de que o bacalhau, ele mesmo, poderá se revelar genial iguaria, se de boa qualidade e preparado por mãos competentes com o auxílio luxuoso de um azeite extravirgem.

Ocorre que meu avô materno, que era português, permaneceu vivo o tempo suficiente para introduzir o bacalhau na minha avó, ops, no cardápio da família que ele gerou com vovó, digo. Suas três filhas, uma das quais viria a ser minha mãe, também entronizaram o bacalhau na mesa de suas respectivas famílias, em dias especiais. No meu caso, o bacalhau podia aparecer de surpresa à mesa em qualquer dia, se calhasse de papai, também ele descendente de antigos portugueses, ter passado um dia antes em frente a uma tradicional mercearia de secos e molhados no centrão paulistano, a Casa Godinho, sendo esse Godinho outro imigrante português que fundou o estabelecimento em 1888.

Dizia meu velho que ao passar ali defronte sentia irremediável atração pelo cheiro do bacalhau seco pendurado inteiro e aberto na porta do estabelecimento, como se usava antigamente. Papai gostava de salientar seu apreço pelo cheiro do bacalhau, com óbvias segundas intenções que acabei captando com o tempo e com a aquisição de certas experiências olfativas.

O bacalhau entra aqui porque, justamente na última páscoa, fui encarregado pela família da minha mulher, também ela de ascendência lusa, de comprar o famoso lombo do *gadus morhua*, o melhor e mais caro bacalhau do mercado, naquela mesma mercearia frequentada pelo velho cinquenta anos atrás. Há muito tempo já que não penduram o bacalhau na porta, onde, hoje, não duraria dois minutos antes de ser surrupiado por algum tubarão ou tubarinho na correria, dado seu alto valor monetário, além do nutritivo. Baratíssimo antigamente, o bacalhau era item da culinária popular e havia até um ditado muito comum aplicado a pessoas consideradas desimportantes demais pra merecer prenda de valor, boa remuneração pelos serviços prestados ou alguma deferência especial: "Pra quem é bacalhau basta", se dizia.

E foi assim que me vi na mercearia a sopesar os bitelões da iguaria embaladas em bandejinhas de isopor envolvidas em filme transparente, decidindo qual deles levar. A embalagem do bicho, longe de ser hermética, deixava um pouco do sal do peixe e muito de seu cheiro se transferirem para os meus dedos, algo que só percebi cruzando o viaduto do Chá, ao levar distraidamente a mão ao nariz. Cheirei, senti, pirei. Aquele cheiro me falava direto à libido, pá. Se me perdoam mais uma vez certa rudeza vernacular nestas páginas, eu diria tratar-se do inconfundível e genérico cheiro de buceta, de buceta saudável, cônscia de si mesma, passível de pronta excitação se devidamente provocada. Pra mim, naquela hora morna da tarde, aquele odor era nada mais, nada menos, que o cheirinho do amor.

E como estes olhos meus que algum bacalhau há de comer um dia, depois de escoadas minhas cinzas pro mar, não haviam perdido o senso da visão, acontecia de se verem a todo instante atraídos por vários dos exemplares femininos em circulação à minha volta no vasto oceano humanoide da Pauliceia, o que só acentuava a conotação sexual do bodum de bacalhau impregnado em meus dedos. Ali estavam, naquele intenso aroma, os inequívocos vestígios da vulva arquetípica herdada das formas aquáticas ancestrais de onde viemos.

E assim caminhava a humanidade, e eu no meio dela, pelo viaduto do Chá, de olho naquela parcela da dita humanidade capaz de secretar em suas partes íntimas o perfume essencial que eu trazia agora nas mãos e dentro da sacola plástica com a posta de bacalhau. Eu olhava as meninas ao mesmo tempo em que cheirava a ponta dos dedos e seguia viajando forte na libidinagem olfativa e ocular, feito um Leopold Bloom capaz de operar a transformação sinestésica de cheiro de bacalhau em sexo feminino, em pleno fluxo de consciência deambulatório pelas ruas da minha São Paulo dublinesca.

Secretárias, executivas, comerciárias, bancárias, faxineiras, estudantes, professoras, golpistas e malabaristas, negras, brancas e orientais, eu olhava pra cada uma delas e lhes aspirava a flor do sexo sem a menor cerimônia. E o cheiro de cada uma, que eu trazia na ponta dos dedos, era o cheiro sexual de todas elas, sendo também o perfume do divino bacalhau dos mares do norte. Até uma PM que passou por mim em seu lento passo de patrulha, toda justinha no uniforme, com uma carinha morena de boneca séria debaixo da aba curta do quepe, lábios discretamente batonados, ostentando peitos capazes de abater sem misericórdia bandidos armados até os dentes, até essa bela militar eu cheirei profundamente na ponta dos meus safadedos embucetados de bacalhau.

A profunda conclusão que tirei desse episódio banal é que, enquanto tem olfato, o ser humano tem tesão. Pode anotar essa frase no mármore das verdades eternas, meu amigo. Em outras palavras, enquanto o sujeito se deleitar com o cheirinho de bacalhau salgado em seus dedos, seja ele proveniente do *gadus morhua* ou das meninas do viaduto do Chá, o bicho continuará pegando em sua libido, isso é batata — batata, aliás, que, corada ao forno ou cozida na água, costuma acompanhar o bacalhau à mesa com grande sucesso.

E como os peixes também têm olfato, precioso meio de orientação para eles, aliás, e também se dividem em machos e fêmeas, um necessitando do outro pra reproduzir a espécie, a exemplo do que acontece com todas as outras espécies interessantes do planeta, não seria descabido aventar a hipótese de que até os bacalhaus sentem-se atraídos pelo cheiro de bacalhau — das bacalhoas, no caso —, equiparando-se por esse viés nasal ao gênero humano.

E antes que eu me anime a tirar mais assunto de uma simples posta de *gadus morhua*, digo apenas que o bacalhau comprado naquele dia no centrão, feito no forno da minha sogra, com as postas já devidamente dessalgadas, recobertas de farinha de rosca com alho espremido e nadando em azeite, aquele bacalhau ficou "de gritos", como teriam dito, se vivos fossem, o seu Godinho da mercearia, o meu vovozinho de Trás-os-Montes e o meu saudoso sogro, igualmente português, grandes apreciadores, todos os três, tanto do bacalhau quanto do seu cheirinho inebriante e evocativo do sexo feminino, o qual também souberam desfrutar no curto período em que permaneceram vivos, como diria com platitudinal sapiência o Philip Roth.

O que é que a brasuca tem?

Todo mundo acha que sabe o que é que a brasileira tem. Mas será que sabe mesmo? O que é que a baiana tem, isso sabemos todos, graças a Dorival Caymmi. Além de um complexo e tilintante conjunto de balangandãs, a baiana tem graça como ninguém e requebra bem. Tão bem que o bardo baiano sugere à sua baiana preferida: "Quando você se requebrar, caia por cima de mim." E reitera: "Caia por cima de mim, caia por cima de mim..."

Opa! Também quero, desde que não seja uma daquelas baianas com cento e vinte quilos de graça e simpatia alimentadas à base do mesmo delicioso acarajé que elas vendem nas ruas. Uma dessas senhoras típicas caindo por cima de você pode lhe acarretar graves consequências ortopédicas, se você for magro como eu, que "nunca pratiquei esporte, nem conheço futebol", como reza a letra de outro samba clássico, de autoria do nunca suficientemente louvado Noel Rosa.

Não foram poucas, de fato, as tentativas de exaltar as feminilidades brasílicas por parte de compositores, poetas, intelectuais e mesmo políticos importantes. Aliás, falando em político, há uma história saborosa protagonizada por Juscelino Kubitschek, o popular JK dos "anos dourados", narrada pelo historiador Antônio Pedro Tota em seu livro fundamental para quem quer entender as relações entre Brasil e Estados Unidos de uma perspectiva cultural: *O imperialismo sedutor* (Companhia das Letras). O livro trata das tentativas do império americano de seduzir a galerinha do patropi, em meados do século passado, via trocas culturais — o tal do soft power.

Escreve o professor Tota que, no final de 1957, recém-eleito presidente, JK foi fazer um tour pelos centros de poder mundiais, como era hábito na época entre os futuros mandatários, para se fazer conhecer e angariar simpatias. O ponto mais crítico da viagem era, naturalmente, os Estados Unidos, e lá estava o nosso Juça em Washington, onde foi recebido num almoço no National Press Club, a associação dos jornalistas americanos.

Antes de ser servida a boia, JK concedeu uma entrevista coletiva na qual foi crivado de perguntas agressivas sobre o seu posicionamento frente às questões típicas da Guerra Fria, candentes na época. Ele iria legalizar o PC no Brasil? Expropriar terras pra fazer reforma agrária? Manteria relações próximas com o bloco sino-soviético ou se manteria na esfera de influência americana? Sobretaxaria as remessas de lucros das companhias gringas instaladas aqui? Como lidaria com as greves? Mandaria baixar o cacete ou faria concessões aos sindicatos, encarecendo o custo da mão de obra para os empresários? E por aí seguia a sabatina ideológica.

Tremenda saia justa — ou fraque justo, já que na imagem do Juscelino impressa no meu banco de dados mental ele está sempre com aquelas calças risca de giz e com o fraque negro abotoado sobre o colete cinza. O fraque foi inventado pro JK usar, me parece. Ninguém ficava melhor de fraque do que ele. Outros usaram antes de enxeridos. O fraque é a roupa com que JK veio ao mundo. Em vez de fraldas, fraque. Não sei, todavia, se o nosso presidente eleito estava de fraque naquele almoço. Com ou sem fraque, contudo, Tota conta que Juscelino rebolou como a baiana do Caymmi pra contemporizar com gregocratas e republitroianos — com Deus e o diabo na terra dos gringos, enfim —, até que um jornalista lá, tentando dar uma amenizada no clima tenso da entrevista, saiu-se com uma pergunta ao mesmo tempo gaiata e simpática: "Presidente, por que as brasileiras são tão atraentes?"

Ao que o mineiríssimo JK, sem titubear, respondeu: "Porque nós, os homens brasileiros, as tratamos muito bem."

Muito bom, né? Tremenda cascata, com evidente sotaque machista, de subtipo paternalista, mas que arrancou risadas e aplausos delirantes das principais figuras da imprensa americana. Nascia ali o nosso "presidente bossa-nova". A Garota de Ipanema viria a ser o protótipo dessa belíssima brasileira que devia a sua beleza a brasileiros sensíveis no trato com as mulheres, como Vinicius de Moraes e Tom Jobim. E eu e você, claro.

De tanto passar rebolando a caminho do mar, arrastando os corações e as libidos de bardos, músicos e demais desocupados pelo caminho, ela, a mulher brasileira, acabou ficando linda e gostosa daquele jeito. Essa me parece a tese implícita na resposta do Kubitschek, que o deixava bem com brasileiras e brasileiros, ignorando os milhões de tuberculosas analfabetas, desdentadas e famintas com doze filhos roídos de verminose a se pendurar em suas tetas murchas, e mais um no bucho, submetidas a pancadas e humilhações diárias por parte de seus homens, catrumanos igualmente anarfas, tuberculosos e desdentados que com elas concebiam todos os dias milhões de novos peões e novas proletárias, mais uma horda de lumpens sem eira nem beira. Essas miseráveis e precocemente decrépitas brasileiras jamais rebolariam lindas e cheias de graça num doce balanço a caminho de um mergulho num fim de tarde em Ipanema.

Mas, se quiser saber, acho que JK, no fundo de sua espirituosa demagogia, tinha lá sua razão. A brasileira atraente de que ele fala é o melhor resultado da filtragem social que retém os fudidos da terra e só deixa passar quem teve sapatinho, amor e apoio familiar, saúde bem cuidada, escola, algumas horas de ócio por dia e um habitat amigável para o gênero humano prosperar. A missão do político seria, em princípio, tornar toda a população brasileira apta a passar por esse filtro social, tornando real e prevalente em todo o território nacional o clichê da gata ipanêmica apaixonante e fornicável por quem souber cantá-la em belas rimas e sedutoras notas musicais, ou apenas tratá-la bem.

Enfim, essa questão da disponibilidade sexual, implícita no adjetivo "atraentes", a*tractive*, com que o jornalista americano qualificou as brasileiras, seria, ao fim e ao cabo, outro exemplo de irrealismo sociológico, de mistificação demagógica contida no mito da mulher tropical. Isto porque a tal mulher brasileira, no fundo, seja pobre ou rica, talvez não passe de uma conservadora de carteirinha, uma islâmica fundamentalista disfarçada em biquínis transbordantes de peitos e nádegas aparentemente sem nenhum pudor. Só aparentemente.

Pelo menos essa é a opinião de outro americano, um cara que, no caso, entende do riscado, o fotógrafo e artista norte-americano Spencer Tunick, que ficou famoso por decorar paisagens, logradouros e marcos arquitetônicos pelo mundo afora com centenas de corpos humanos vivos e nus. Contrariando a visão gringa de que as brasucas são umas dadeiras em tempo integral a requebrar suas belas, bronzeadas e despudoradas carnes por ruas e praias e selvas do país, atraindo multidões de poetas, sambistas e tarzãs priápicos, além de um bom contingente de turistas sexuais, Mr. Tunick ousou dizer o seguinte à repórter Estefani Medeiros do UOL, em São Paulo: "No Brasil, as mulheres não são abertas em relação ao próprio corpo."

Acuma? Quer dizer que as brasileiras são umas caretas aprisionadas em burcas morais, contrariando o mito da fogosa fêmea bossanovística? Spencer Tunick diz que descobriu isso quando veio ao Brasil em 2002 para participar da 25ª Bienal Internacional de Arte de São Paulo. Além de exibir grandes painéis fotográficos com seu trabalho, Tunick aproveitou para fotografar bundas, peitos, xotas e pirocas ao léu de mais ou menos mil e cem pelados e peladas brasucas em torno do pavilhão da Bienal, no Ibirapuera. O ensaio, intitulado *Nude adrift*, ou "Nu à deriva", até que ficou bacana, apesar de os machos visivelmente sobrepujarem as fêmeas no viewfinder da câmera.

Nas fotos do Tunick, se contempladas nas ampliações gigantes exibidas em galerias e salões de arte, é possível um voyeur desocupado achar com que se deleitar entre os exemplares da fauna desnuda de uma cidade sem praias e com fama de valorizar mais o trabalho que o ócio, como São Paulo. E não é de todo improvável que acabe flagrando a vizinha sisuda do 205 a exibir seu pelame íntimo ao lado do síndico de bilau murcho debaixo da pança flácida.

Diz Tunick, dez anos depois daquelas fotos no Ibirapuera, ainda cutucando o suposto moralismo das míticas brasileiras dos lábios de mel e ancas requebrantes: "Por causa dos homens, as mulheres se assustavam com a ideia de ficarem nuas. Uma coisa no Brasil que não fazia sentido para mim na época, e que ainda não faz, é que a maior parte dos homens veio espontaneamente. As mulheres, em geral, tinham que pedir permissão a eles, maridos ou namorados. E muitos disseram não. Parecia que os homens estavam no controle."

O artista termina a entrevista expressando seu desejo de que, da próxima vez que ele vier ao país, as brasileiras acudam em maior número pra tirar a roupa diante de suas lentes, em troca do prazer e do orgulho de participar de uma experiência artística libertária. Além do frisson que dá refrescar a pentelheira ao ar livre e em público.

De toda maneira, se o seu Tunico tem razão, caberia a nós, brasileiros, não apenas tratarmos bem nossas mulheres, como apregoava JK, mas também incentivá-las a liberar as pudendas em público e ao ar livre, pra quem quiser ver. Aqui em São Paulo, sugiro organizar uma passeata semanal de peladas que poderia ter lugar no Minhocão, por exemplo, via elevada que liga a zona leste à oeste da cidade, típica excrecência malufopaulistana que se vê livre do trânsito de veículos aos domingos para virar logradouro público. E sendo que Minhocão me parece um nome assaz inspirador para um logradouro nudista. Todo domingo, pois, sob os auspícios da prefeitura paulistana e de algum fabricante de filtro solar, os homens incentivariam a mulherada, esposas, filhas, mães, avós, primas, vizinhas, amigas, colegas de trabalho, a levar suas mamas e pererecas despidas pra dar um rolezinho no Minhocão, deixando-se contemplar à vontade por quem tiver olhos de ver, como diz o poeta.

Para as mulheres, seria um excelente treinamento de descontração visando a próxima vinda ao Brasil do Spencer Tunick, quando poderão posar nuas pras lentes dele sem constrangimentos e sem ter que pedir autorização a ninguém. Seria também um forte estímulo pra que as gordas emagrecessem, as velhas rejuvenescessem, as feias embonitassem e as carolas e reprimidas se transformassem em alegres e saltitantes devassas. De quebra, ganharíamos alguns pontos no índice de desenvolvimento humano da ONU.

Está lançada a ideia. Que a Escandinávia seja aqui. Deu pra ti, Haiti.

À procura da bundinha perdida

— Alô? Lenora?

— Fred! Não acredito! Que bom ouvir sua voz, Fredinho! A gente só se fala por e-mail agora, né?

— Pode crer, Lenora. Eu preferia a fase analógica da nossa amizade. Era muito mais quente que a digital. Falando nisso, viu meu último e-mail?

— Hahaha! Vi. Cê continua maluquinho, né, Fred?

— Com a graça do divino. Ó, daqui a pouco eu tô aí de Instamatic na mão, falô? A mesma da primeira vez. Lembra da minha Instamatic?

— Não.

— E das fotos, lembra?

— Claro! Você me deu um álbum com as melhores fotos. E as mais quentes também. Faz o quê, isso? Cinquenta anos? Sessenta? Nossa! Uma década a mais ou a menos já não tá fazendo diferença pra minha memória.

— Faz tempo, faz tempo. Mas não tanto tempo, pô. A fotografia já tinha sido inventada, por exemplo.

— Hahaha! Acho que até a televisão já tinha sido inventada.

— Jura? Então, foi ontem mesmo.

— Que ótimo! Você continua o pândego de sempre, Fredinho.

— É isso aí, Lenora: humor ou morte!

— Pode crer, Fred. É o seu jeito de driblar a velhice.

— Vem, cá, Lenora. Cê ainda tem aquele álbum?

— O das fotos secretas? Pô, cê não lembra, Fred?

— Do quê?

— Meu marido achou o álbum, jogou álcool em cima e tacou fogo. E o casamento acabou ali mesmo. Como não lembra? Você foi o pivô da minha separação.

— É verdade, lembrei agora. Pelo menos o babaca não tacou fogo em você, né? Nem em mim, por falar nisso.

— Foi mal. Eu tava casada só há dois anos e já tinha um jovem amante: você.

— Sorte sua de se ver livre daquele ogro ruralista.

— Ele tinha lá suas qualidades.

— Que qualidades? Uns dois ou três centímetros a mais de dote?

— Quatro ou cinco...

— Hahaha! Mas não tinha metade do meu charme, fala a verdade. Do meu charme e do meu sex appeal.

— É verdade, Fredinho. Você era, sempre foi a joia rara da minha coleção.

— E aí?

— E aí o quê, Fred?

— A proposta que eu te fiz no e-mail? Topa?

— Brincou, amigo.

— Brinquei, uma pinoia. Vai ser jogo rápido, Lenora. Só quero refazer uma daquelas fotos. Uma só. Lembra qual? Você pelada, de pé, meio de costas, meio de lado pra câmera, mostrando um peitinho, a sua fabulosa bunda, e olhando a praia pela janela do quarto da pousada.

— Sem condições, Fred. Tem cabimento?! Nos meus quase oitenta anos? E aquele "peitinho" já foi pro lixo hospitalar faz tempo.

— Jura? Então, não precisa ficar de lado. Fica só de costas. Não ri, porra! Quero uma foto da sua bundinha vintage.

— Hahahaha! Bundinha vintage é ótimo! Haha... Minha bundinha não é vintage, meu amor. É póstuma.

— Que o quê, Lenora. Você é eterna! Posso passar aí, então? Com a Instamatic? Levo um vinho também.

— Passar aqui? Cê esqueceu onde eu tô, Fred?

— Numa casa de repouso em Jaguariúna. Não é isso? Tô com o endereço aqui. Em duas horas eu tô aí. Vamos fazer uma foto divina maravilhosa no seu quarto, você olhando pela janela, de bundinha voltada pra mim.

— Nem pensar, Fred. Não vou mais mostrar essa bunda pra ninguém. Ex-bunda, aliás.

— Pô, Lenora. Meia dúzia de cliques só. Prometo! Daí a gente toma um vinho e bota a conversa em dia. Tudo no velho e bom modo analógico. Sem e-mails.

— Espera mais umas semanas, Fred. Dois ou três meses, no máximo. Aí você me fotografa quanto e como quiser. Eu, pelo menos, não vou reclamar, ali no caixão...

— Que é isso, Lenora?

— Que é isso? Chama-se câncer, Fred. E já tava mais do que na hora. Não quero emplacar oitenta fazendo xixi no fraldão, recitando batatinha quando nasce e esquecendo a letra na metade.

— Você até pode esquecer a letra da batatinha quando nasce, mas ninguém que te conheceu nessa vida vai te esquecer jamais.

— Ooooh! Que galante! Mas eu não sou mais deste mundo, Fred...

— Você é indestrutível, Lenora. Sangue de bandeirante com alemão. Osso duro de roer.

— Os vermes conhecem seu ofício, meu amigo. Já roeram muito osso de bandeirante e de alemão. E de italiano, espanhol, português, índio, preto, japonês, coreano, mongol, esquimó. Aliás, com quantos anos cê tá mesmo, Fredinho?

— Esquece, Lenora. Estamos falando de você, não de mim. Eu só quero refazer a foto que a gente fez um ou dois pares de décadas atrás, mais nada. Vai ser rápido e indolor.

— Pra quê?

— É que eu sempre fotografei todas as minhas namoradas nuas. E agora, depois de velho, me deu na telha de fotografar todas elas de novo.

— Todas?! Vai ter que exumar muito esqueleto, hein.

— Vou começar pelas vivas.

— E vai fazer o que com as fotos?

— Uma exposição. Sem aparecer a cara das mulheres. Só as bundas, antes e depois. O tema é esse: o tempo e as bundas. Ou: As bundas e o tempo. Não resolvi ainda.

— Que tal "As bundas devoradas pelo tempo?" Ou, então, "À procura da bundinha perdida"?

— Puta ideia! "À procura da bundinha perdida." Perfeito. Vou usar. Com a devida licença sua e do Proust. Vou até anotar aqui pra não esquecer.

(...)

— Fred?

— Fala, meu amor.

— Você ainda tem aquela foto? *Aquela*?

— Que foto? Da bundinha?

— É...

— Claro. Tenho o negativo e a foto copiada, que, aliás, tá pendurada aqui em casa. Que fruta deliciosa! Bato uma pra ela todo santo dia. É a minha profilaxia contra o câncer de próstata.

— Mentira!

— Te juro. Recomendação do meu urologista.

— O seu urologista te recomendou bater punheta pra minha bundinha, Alfredo?

— Ele disse pra eu buscar inspiração em algum lugar de modo a manter as gônadas sempre vazias. E nada melhor que a sua bundinha pra me inspirar.

— E o que tanto você vê numa bunda, Fred? Você e o resto dos homens desse planeta bundeiro.

— "A bunda, que engraçada. Está sempre sorrindo, nunca é trágica. Não lhe importa o que vai pela frente do corpo. A bunda basta-se. A bunda se diverte por conta própria. E ama. Na cama, agita-se. Montanhas avolumam-se, descem. Ondas batendo numa praia infinita. Lá vai sorrindo a bunda. Vai feliz na carícia de ser e balançar, esferas harmoniosas sobre o caos. A bunda é a bunda, redunda."

— Nossa! Que lindo! Você que escreveu?

— O Drummond. São trechos de um poema dele que eu li aqui. Uma ode à bunda.

— O Drummond fez poema sobre bunda?!

— Fez.

— Inacreditável.

— Procê ver. Se até o Drummond era ligado em bunda, que dirá este mero fotógrafo amador que vos fala.

— Amador de bundas.

— Amador da sua bundinha ideal, Lenora.

— Que bundinha ideal, o quê, zé-mané. Sem falar na minha coleção de hemorroidas. Você não ia gostar de fotografar minhas hemorroidas. Ia queimar seu filme, em todos os sentidos. E o meu também. Se bem que eu tô pouco me lixando.

— Recomendações às suas hemorroidas, da parte das minhas.

— Hahahaha!

— Deixa o cu pra lá, Lenora. Só me interessa a bundinha, a sua bundinha fundamental. Olhe aqui, encare isso como uma homenagem ao nosso eterno amor.

— O amor não gosta dos velhos, Fred. Nem as bundas gostam dos velhos. Elas vão embora e deixam pra trás só um saco de osso e pelanca.

— Chega de papo, Lenora. Tô passando aí, ok? Com a minha velha Instamatic, a primeira máquina que eu tive na vida. Com a qual eu fotografei a primeira bundinha que eu amei na vida: a sua.

— Cê não tá falando sério, Fred.

— Tô, pô!

— Fred, vai bundar com o Frederico. E, ó, vou desligar, que eles já vão servir a canja. Bye!

Dia do sexo em Berlim

Mesmo sem um PhD em Antropopaleontossexologia em Harvard, arrisco afirmar que trepava-se adoidado nos primórdios da humanidade. No Pleistoceno, era em que surgiu o *Homo sabidus*, já rolava muito sexo. Não sei o quão bom isso era pras mulheres, dada a fama de pouco liberal e muito violento que tinha o macho da época, tal de troglodita. Mas, de noite, sem ter muito o que fazer na caverna, ao pé da fogueira, devia rolar alguma diversão mútua. As peludonas deviam ter lá suas artimanhas pra conquistar a primazia diante do macho nos jogos sexuais. Claro que a depilação não era uma delas, mas havia outras, nem todas diretamente sexuais. Vai saber se não foi uma mulher que inventou o fogo, por exemplo, com sua paciência pra repetir a mesma operação centenas de vezes, no caso, esfregar um pauzinho no outro até o fogo brotar. E é claro que num ambiente aquecido a sacanagem devia rolar com mais desenvoltura, com o macho se esmerando por demonstrar sua gratidão pelo fabuloso invento de sua fêmea. É uma hipótese.

Além disso, o fogo possibilitava à mulher cozinhar a carne, tornando mais fácil a tarefa de alimentar a prole e a si mesma, o que, sem dúvida, foi um grande achado pra humanidade. Crianças e mulheres tinham, e têm, aparelhos digestivos mais delicados e mandíbulas bem menos potentes pra dar conta de carne crua, na comparação com o homem. Tente se imaginar metendo a dentuça num contrafilé de mastodonte cru. Árdua tarefa, se você não é um gorila macho de Ruanda. A carne assada ou cozida facilitava muito a vida dos nossos cavernosos ancestrais, abrindo mais tempo em sua agenda pra ficar inventando moda na cama. Eis outra hipótese.

Essa hipotética hominídea que teria inventado o fogo deve ter virado a mulher oficial do chefão do bando, protótipo das futuras rainhas. Se é que em cada caverna da pré-história não teria surgido uma inventora individual do fogo e da culinária por cocção dos alimentos, do mesmo jeito que hoje há um fogão em cada casa, seja num barraco do Complexo do Alemão ou na mansão do Bill Gates. Enfim, fogo e fogão à parte, tenho pra mim que o homem e a mulher do Pleistoceno sabiam ser tão libidinosos quanto os casais monogâmicos ou pulocercâmicos da nossa era, o Pornoceno. Ainda bem. Isso garantiu a reprodução em larga escala da nossa espécie, de forma que tipos como eu e você possamos estar hoje aqui puxando papo sobre sexo nas cavernas pré-históricas, numa boa.

Sim, eu sei que isso tudo parece meio óbvio. O próprio sexo é de uma obviedade acachapante, em sua condição de imperativo existencial pra humanidade, assim como o oxigênio da atmosfera. E ainda é, ao menos fora dos laboratórios genéticos de ponta que buscam a autossuficiência reprodutiva tanto do homem quanto da mulher. Por enquanto, essa via não sexual de fecundação se dá por inseminação artificial, com o concurso de espermatozoides e óvulos. Dia virá, porém, em que a clonagem, que prescinde de atividade sexual prévia, dará conta do recado, como parece mais do que provável. Meus tataranetos dirão o que será do sexo nesse dia.

Mas até lá muito espermatozoide há de correr pelos canais competentes debaixo dos lençóis e edredons civilizados, em busca de um óvulo pra chamar de seu, fato ainda básico da vida que inspirou uns tipos aí a inventarem um Dia do Sexo, o 6 de setembro. A ideia, puramente mercadológica, partiu, é claro, de um fabricante de camisinha. O 6 de setembro foi escolhido por evocar o kamassútrico meia-nove que essa data forma: 6/9. Fora que, sendo o dia seguinte, 7 de setembro, feriado nacional, podemos todos comemorar o dia do sexo até o raiar do sol, pelo menos no Brasil, supostamente usando a camisinha que promove a efeméride.

A ideia de um dia do sexo no 6/9 até que é boa, a despeito das confusões que pode gerar. Uns pensarão, por exemplo, que se trata de um dia comemorativo apenas dessa posição clássica do sexo recreativo, o 69, em detrimento das outras modalidades bastante apreciadas de ação erótica relacional, que não vou enumerar aqui, pois elas já devem estar se enumerando a si mesmas aí na sua cabeça, certo?

Já outros, como eu, acharão estranha a sugestão de praticar o 69 de camisinha, implícita na iniciativa da empresa que fabrica a galochinha peniana. Poucas mulheres que eu conheço se animariam a chupar bala com papel, da mesma forma que eu não sei de homem que cubra a xota da parceira com filme de cozinha pra cunilinguá-la, como, de resto, já vi médicos recomendando. Tais medidas profiláticas diminuem os riscos de contrair doenças graves, reduzem de maneira drástica os divinos prazeres da chupofodelança, de modo que cada qual resolva o dilema à sua maneira e gosto.

A jogadinha mercadológica da marca de preservativos tem outro senão: ela não colaria no mundo anglofônico, por exemplo, onde se grafa o mês antes do dia. O 9/11, por exemplo, é lembrado nos States como o dia do ataque às torres gêmeas de Nova York: setembro (9), dia 11. Os gringos não iriam entender a razão de designar o mês de setembro e o dia 6 como a data comemorativa do sexo, já que 9/6 sugere um amante de costas pro outro, num zero a zero antierótico, com ou sem camisinha.

Ok, e Berlim, o que tem a ver com as calças? Bom, pra começar, Berlim não é nenhum cu pra ter a ver com as calças de ninguém. É uma cidade deliciosa que acabei de conhecer no começo do outono, com o tempo ainda quente, e pra onde pretendo voltar assim que tiver um dindim sobrando. E nem precisa ser muito: Berlim é reconhecidamente menos cara do que São Paulo, oferecendo o triplo de qualidade geral de vida, botecos e restaurantes incluídos.

Acontece que eu cheguei em Berlim no mês de setembro, bem no dia seis, o tal do dia do sexo. Não fui lá, infelizmente, pra nenhum tipo de comemoração sexual. Fui só participar de um desses encontros de escritores em que você sobe no palquinho de um auditório ou teatro e dá baixa num punhado de platitudes sobre o ofício de escrever, as mesmas, aliás, com que você acabou de brindar qualquer outro público, dias antes, em Mossoró, Bauru, Cochabamba ou Lisboa, com direito às mesmas piadelhas de médio impacto, uma ou outra citação erudita pra dar um lustre na coisa e uns casinhos pitorescos ocorridos com você ou com escritores famosos. Tudo somado, a cascata sempre te vale umas palminhas gentis no final por parte da parcela do público que permaneceu sentada e desperta na plateia, além de um eventual chequinho com uns caraminguás pra você ter a ilusão de que, afinal, valeu a pena ter viajado pra tão longe.

Quem diria, matutei eu com a minha braguilha: tô eu aqui em Berlim, onde nunca tinha posto os pés, nem muito menos o pau, e bem no dia do sexo. Minha cabeça se pôs a encenar gloriosas sacanagens à minha revelia. Era impossível evitar. Já pensou se eu topo com a Claudia Schiffer e a gente... *ffff*... Já pensou?

Na conexão de Frankfurt pra Berlim, com o dia do sexo brilhando lá fora e o avião ocupado sobretudo pelo que me pareciam casais de homens de variadas idades a caminho da cidade reputada como a mais amigável do mundo para gays em geral, me aconteceu justamente, veja você, de eu *não* cruzar com a Claudia Schiffer. Nem sinal da beldade dos anos 80/90, reencarnação da Brigitte Bardot dos anos 60, bem fornida nos lugares certos, e em alguns incertos também, o que lhe conferia suculenta humanidade. Nem sinal até mesmo da atual Claudia Schiffer, já entrada nos cinquentinha. Vi uma foto recente dela outro dia. Peitudaça, três filhos, ainda batendo um bolão.

Em compensação, antes de o avião decolar, me entra uma vestal grega num curtíssimo vestido transparente com uma fenda frontal que lhe deixava à mostra as nuas e bronzeadas pernas de volta das prováveis férias de verão em algum resort dominado por veranistas alemães no Mediterrâneo ou no Adriático. Queimada de sol daquele jeito parecia morena. Mas tinha um cabelo liso e quase ruivo e olhos claros. Eu ainda estava ajeitando a mochila no bagageiro acima da poltrona e pude assistir de frente ao desfile da vestal adentrando a nave do templo aéreo carregando uma valise em busca do seu assento. Nem vou falar dos peitos da moça que é pra não levar uma torta de creme na cara por cortesia de alguma feminista mais aguerrida.

Me ajeitei, daí, na minha poltrona do corredor torcendo pro assento dela não ficar longe do meu. Queria, sobretudo, ver aquele monumento passar bem rente à minha pessoa. E não é que passou mesmo? Nem chegou perto de reparar em mim. Ou de reparar que eu estava de olho gordo nela. Na verdade, desenvolvi faz tempo um método de olhar as beldades transeuntes sem parecer que as estou despudoradamente devorando com os olhos, graças a uma espécie de estrabismo voyeur que desenvolvi e me tem sido muito útil em terra, mar e ar.

De maneira que, naquela fração de segundo em que a gostosérrima criatura passou por mim, deixei uma retina malandra dar-lhe uma conferida na bundinha graciosa. Através do pano finíssimo do vestido de verão se via o desenho da calcinha asa-delta enterrada no meio das suas nádegas firmes de bailarina.

Quando ela se esticou pra alojar a valise dela no compartimento sobre os assentos, na fileira logo atrás da minha, só que do outro lado do corredor, pude apreciar ainda melhor aquele poderoso derriére, mais os músculos fortes e bem definidos de suas pernas e coxas praticamente desnudas. A bela grega clássica tomou posse do assento junto à janela, deixando à mostra somente sua bela cabeça de mulher. Vai ver até era mesmo alguma famosa bailarina que tinha acabado de dar um *grand jeté* do palco de um teatro direto pro aeroporto de Frankfurt, ainda caracterizada como a Chloé daquele balé famoso com música do Ravel, o *Daphnis et Chloé*.

O que rolou depois, não vou contar. E não vou contar pela mui singela razão de que não rolou nada, tchongas, porra nenhuma. Quando aterrissamos em Berlim, a deusa, a vestal, a hetaira grega, a grande Chloé bailarina foi prum lado e eu, o insigne e perfeitamente anônimo escriba brasileiro, pro outro. Horas depois, me vi comendo, não a loira Schiffer, nem qualquer outra fêmea da espécie, mas um joelhaço de porco num simpático bistrô de comida alemã, situado na antiga metade comunista da capital da Alemanha, a um passo da antiga torre da TV de quase trezentos metros de altura construída pelos comunas, a cavaleiro de toda a cidade, num ângulo de trezentos e sessenta graus. A flébil carne do einsbein, envelopada em banha, da qual se destacava com facilidade, regada pela rica weiss bier de pressão, fez as vezes da trepada que o dia do sexo ficou a me dever na Alemanha.

Num outro ambiente do mesmo salão desse restaurante, num mesão feito de várias mesas juntadas, um grupo de turistas russos ouvia explicações do guia, em russo, claro. Uma das camaradas, pesando cerca de sete arrobas e entradinha em anos, com um queixo soterrado sob uma papada que acumulava muitas toneladas de borsch com batatas, deu comigo no ambiente e cismou de me jogar longos olhares otchitchórnios, empinando a peitaria que tinha sido soviética um dia. Talvez o sutiã ainda fosse soviético, feito de aço reciclado de antigos tanques de guerra do vovô Stalin que tinham invadido Berlim em 1945. Não fiquei interessado. Já tinha comido gordura o bastante naquele einsbein divino. Paguei a conta, bem barata, por sinal, e caí fora. Pra cima de muá, niet, tovarich!

Naquela noite, fui me acamar super-hiper-bem alimentado, com direito a um omeprazol de sobremesa, na companhia mental da jovem e da velha Schiffer, mais a trêfega Chloé do avião, além de dois fofíssimos e bastante reais travesseiros e da minha fidelíssima mão direita, também essa bastante tangível e tangedora, no charmoso

Hotel Honigmond, no Mitte, o bairro boêmio de Berlim. Só no dia seguinte fui informado de que *honigmond*, em alemão, quer dizer lua de mel. Você acabou de ler, pois, minhas trepidantes aventuras solitárias no Hotel Lua de Mel, em Berlim, no glorioso dia do sexo.

Iawohl!

Sexo em órbita

Num desses sábados à noite, me vi numa das longas filas que se formavam na porta dos cinemas que passavam *Gravidade*, do mexicano Alfonso Cuarón, blockbuster alterna em 3-D, considerado de médio porte para os padrões de 2013 por ter custado "apenas" oitenta milhões de piastras norte-americanas, ninharia perto de produções que se aproximam dos trezentos milhões, como *Avatar*. E já tinha arrecadado cinquenta milhões de dólares nas bilheterias na primeira semana de exibição, só nos Estados Unidos e Canadá, atraindo hordas de espectadores pra ver mais uma história de ficção científica, desta vez passada na órbita da Terra nos tempos atuais. Confesso que, vendo o filme, me deu saudade da época em que a ficção científica era sempre locada num futuro distante. Era legal viver no futuro por umas duas horas numa sala escura. Saudade do futuro, como já disse alguém.

Imagino que você, se é fã do cinemão pipoca, também tenha visto esse filme, cujo elenco se resume a um casal de estrelas oscar-hollywodianas: Sandra Bullock, de cientista-astronauta, gostosérrima à beira dos cinquentanos, como constatamos quando ela sai do traje de astronauta e exibe sua boa forma num aliciante conjunto shortinho-chemise, e George Clooney, de astronauta-chefe do voo, com sua imutável cara de George Clooney, o galã integral, encarnando um tagarela sitcômico meio pentelho e inverossímil até para os padrões do espaço sideral.

Não sei você, mas eu saí do cinema sentindo falta de alguma cena de sexo sob gravidade zero, tão bem simulada em 98% da película graças a câmeras e guindastes criados especialmente pro filme, mais toda a parafernália eletrônica embarcada na produção. Pensei lá com meus lúbricos botões: porra, amice, tanta tecnologia de imagem pra gerar somente ansiedade, desespero, medo e suspense, os ingredientes emocionais básicos do filme, sem um pingo de sacanagem? Nem um escasso papai & mamãe levitacional?

Na verdade, um papai & mamãe é que não rolaria mesmo no espaço, segundo um jornalista francês de ciência chamado Pierre Kohler, que, em 2000, andou causando buchicho nos meios astronáuticos ao mencionar um suposto experimento secreto da Nasa envolvendo posições sexuais sob gravidade zero. "Uma das principais conclusões do estudo", afirmava Kohler, "é que a clássica 'posição do missionário', tão fácil e natural de executar na Terra, com a força da gravidade te puxando pra baixo, seria simplesmente impossível no espaço, sob gravidade zero". O mesmo estudo teria proposto o uso de uma cinta elástica e um túnel inflável para a prática do fuque-fuque espacial. Complicado.

Desnecessário dizer que a Nasa não demorou a desmentir que tivesse jamais levado a cabo tal experimento, e estava dizendo a verdade. Outro desmentido oficial da agência espacial americana recaía sobre os rumores de que o primeiro casal enviado ao espaço, em 1991, para uma temporada na Estação Espacial Internacional, Jan Davis e Mark Lee, ambos cientistas, havia cometido o ato primeiro da criação com ausência de gravidade, dando assim mais uma volta nos russos em matéria de pioneirismo espacial.

"A fantasia das pessoas supera em muito a realidade", rebateu Jim Logan, um físico da Nasa, salientando que a atividade sexual no espaço provocaria incontroláveis enjoos que emporcalhariam toda a nave, pra começo de conversa. Você acabaria respirando todo o minestrone liofilizado que você e sua parceira tivessem porventura ingerido no jantar.

Não é essa, todavia, a opinião do lado russo, de acordo com a dra. Lyubov Serova, do Instituto Russo de Problemas Biomédicos, que vem realizando pesquisas sérias e autênticas sobre procriação em ambientes sem gravidade. "Depois de um período de adaptação à ausência de gravidade", diz Serova, "as pessoas não necessitarão de dispositivos especiais para fazer sexo no espaço. Estudamos o impacto da microgravidade nas funções reprodutivas de machos e fêmeas usando mamíferos em nossos experimentos, principalmente ratos".

A conclusão desse estudo equivale a um "liberou geral no espaço". É uma boa notícia, sobretudo se a gente levar em conta a afirmação de Stephen Hawking, o famoso astrofísico tetraplégico britânico, de que a sobrevivência da humanidade poderá depender, num futuro não tão remoto, da possibilidade de enfrentar com sucesso os ambientes extremos do cosmo, o que, obviamente, inclui sexo e reprodução.

Corroborando a conclusão da dra. Serova, de que dispositivos especiais pra dar uma no espaço, como tubos infláveis e cintos elásticos, são desnecessários, o físico, escritor e cientista norte-americano Robert A. Freitas Jr. afirma, num artigo escrito em 1982 pra revista *Sexology Today*, que "o melhor lugar para se fazer sexo no espaço é o próprio espaço: o centro de um compartimento, equidistante de todas as superfícies que o rodeiam".

O dr. Freitas, que deve ser descendente de portugueses, povo navegador e prático por excelência, dá inclusive uma dica de procedimento para os amantes espaciais. Cada qual deve se posicionar em superfícies opostas da alcova orbital e, a partir daí, tomar impulso em direção ao parceiro ou parceira, até os dois se trombarem, já pelados, no centro do ambiente. Aí, é só partir pro abraço e demais atividades trepativas, neutralizando a força inercial de seus corpos e ativando a sensual.

Um pequeno problema de natureza gastrointestinal, contudo, pode comprometer o clima idílico da relação, segundo o dr. Freitas. Acontece que a água dos astronautas é mantida sob pressão nos reservatórios, de modo a fluir sob gravidade zero. Por causa da pressão, a água se torna gasosa, isto é, repleta de microbolhas capazes de induzir à mais desbragada flatulência. Como disse William Pogue, piloto da terceira missão ao Skylab, o laboratório espacial americano, "Acho que peidar umas quinhentas vezes ao dia não é lá muito recomendável num relacionamento íntimo".

Concordo 100%, mesmo sem ter tido muitos relacionamentos íntimos recentemente no Skylab. Aqui na Terra, porém, já tive, em algumas ocasiões, que obrigar o esfíncter a esforços olímpicos de contração para conter terríveis vendavais estercorários durante o lesco-lesco. Uma pena que o peido não seja considerado em nossa cultura um fenômeno com potencial erótico numa trepada. A vida sexual no espaço seria uma farra e tanto.

Apesar da crença da especialista russa e do americano com nome português de que é possível praticar o nobre esporte no espaço sem auxílio de nenhum intrincado aparato, o History Channel exibiu, há uns anos, um documentário sobre o "2-Suit", ou traje para dois, um par de roupas astronáuticas que se acoplam uma à outra através de velcros e cintos ajustáveis, possibilitando a dois corpos humanos quebrarem o barraco à vontade em seu interior dentro da nave espacial. O 2-Suit, curiosamente, não é invenção de nenhum cientista astronáutico, mas sim da romancista, poeta e atriz norte-americana Vanna Bonta. Loiraça voluptuosa, dona Bonta conseguiu testar sua veste sexual com um parceiro sob a microgravidade gerada durante o voo num avião adaptado que executa uma espécie de looping radical nos limites da atmosfera terrestre. O problema é que o efeito de gravidade próxima de zero nessas condições não dura mais que uns vinte segundos a cada manobra do avião. Haja clímax e ejaculação precoces pra dar conta de gozar em tempo hábil.

Não vi esse documentário, e não sei dizer se Vanna Bonta, com esse nome de heroína de história em quadrinhos, atingiu o orgasmo levitacional durante o teste do 2-Suit. O que é certo e consensual nessa história toda de sexo extraterrestre é que não se deve, em hipótese alguma, gozar fora sob gravidade zero. Acredite: sua porra ficará muito louca e acabará grudando em algum lugar indesejável, mais provavelmente na grade de um duto de ventilação da nave, quando não na cara de alguém que pode não ter tido nada a ver com o peixe — com o seu robalo, no caso.

A tecnologia do sexo

Durex, no Brasil, foi sinônimo de fita adesiva durante muitos anos, mas, na Inglaterra, é a mais tradicional marca de camisinha, como muita gente sabe. Na verdade, é praticamente sinônimo da galochinha peniana, do mesmo jeito que Modess foi para absorventes e Gilette pra lâminas de barbear no Brasil. O que eu não sabia é que Durex, marca registrada em 1929, é um acrônimo de *Durability, Reliability, and Excellence* — durabilidade, confiabilidade e excelência, qualidades que todos nós gostaríamos de atribuir, por justo mérito, àquela parte do nosso corpo que recheia a camisinha na hora do vamo-vê.

Gozado que a sigla, em português, daria Ducex, com o cex soando a sex, algo bastante apropriado, no caso, muito embora, em se tratando do próprio pênis, o que a tigrada quer mesmo é que o mardito fique durex o maior tempo possível. E aqui vai um slogan que ofereço de graça ao fabricante da camisinha inglesa: "Dura lex sed lex, na piroca só Durex." Mas é improvável que eles façam uso dele, até porque são firmas diferentes que fabricam a camisinha (Reckitt Benckiser) e a fita adesiva (3M do Brasil). Alguma possível confusão entre produtos tão diversos com o mesmo nome acabaria levando um consumidor desavisado a fazer embrulhos atados com camisinhas e a impermeabilizar o mandrová com incômodas laçadas de fita adesiva. Não ia dar muito certo.

Não sei quem introduziu a primeira camisinha lubrificada, muito menos onde e em quem foi introduzida, mas acho que essa foi uma das últimas grandes novidades tecnológicas em matéria de preservativos descartáveis, à parte a camisinha feminina, que, no meu entender, não vingou, e os novos materiais, muito mais finos que o látex tradicional, destinados a aumentar a sensibilidade do bilau encapado. De fato, a camisinha lubrificada foi uma grande ideia, que deve ter trazido alívio a não poucas xanas tímidas e rabicós estreantes pelo mundo afora. E adentro, claro. Mas, e agora? Qual o próximo passo tecnológico? A camisinha não vai mais se modernizar?

A resposta, que vai deixar os marmanjos de orelha e cabeças (as duas) em pé, é um sonoro e alvissareiro sim. Pra começar, em 2013, a Bill and Melinda Gates Foundation, instituição beneficente movida pela grana do fundador da Microsoft, lançou um desafio às mentes safadas pero inventivas do mundo todo, ao oferecer cem mil verdinhas a todos que viessem com boas ideias para tornar a camisinha mais prazerosa e fácil de usar. A intenção, claro, é estimular o uso do preservativo, ajudando assim a combater as doenças sexualmente transmissíveis e a gravidez indesejada. Muitos dos projetos apresentados, no entanto, eram total maluquice, o que era previsível.

O mais deliciosamente delirante, por exemplo, se propunha a dotar o pênis de um campo de força, do tipo que protegia a Enterprise do ataque de inimigos interestelares, como os sempre inconfiáveis klingons, no seriado *Star Trek*. No caso, o campo de força impediria vírus e bactérias de entrarem nos dutos e tecidos do pau, ao mesmo tempo em que barraria a saída de espermatozoides. Só me pergunto se o tal campo de força peniano não acabaria por rejeitar a própria periquita e sua dona. E onde ficariam as baterias para ativar o campo de força? No saco? Ai ai...

Outro Professor Pardal veio como uma pistola-estilingue que dispara uma camisinha contra a cabeça do bilau duro, recobrindo o dito membro com a membrana protetora numa fração de segundo: *schlap!* A ideia aqui é vestir logo a camisinha antes que a paudurice esmoreça ou que alguém mude de ideia. Até onde entendi, é a pessoa a ser penetrada quem deve disparar o tiro protetor contra a piroca intrusora, a qual deve antes se encaixar num compartimento da tal pistola. Tô fora.

Os projetos de fato aprovados vão quase todos na linha dos novos materiais, a exemplo da ideia apresentada por uma empresa de tecnologia médica que vai desenvolver camisinhas feitas de colágeno extraído dos tendões da vaca. Diz Mark McGlothin, o inventor da camisinha vacarina, que o colágeno se assemelha muito à mucosa da vagina, transmitindo todo o calor da bacurinha ao seu hóspede temporário. Muuuu!

As duas maiores novidades em matéria de sexo seguro, porém, já em fase adiantada de testes, envolvem a velha fábrica inglesa da Durex. Uma delas é ainda uma camisinha, só que dotada de um gel interno na ponta capaz de dilatar as artérias e aumentar o fluxo de sangue para o pênis, resultando em uma ereção a toda prova. A fórmula do gel é da Futura Medical, mas é a fábrica da Durex quem vai lançar o produto. O difícil é bolar uma boa propaganda para o produtor. Que tal: "Pau mole? Sem tesão? Durex é a solução!"

A outra invenção, saída dos laboratórios da Reckitt Benckiser, detentora, como já disse, da marca Durex, é a que vai criar mais polêmica. Trata-se da roupa de baixo vibratória acionada à distância por um aplicativo baixado no smartphone. O negócio se chama "Fundawear" e se trata de um kit integrado por calcinha, sutiã e cueca dotados de sensores vibratórios acionáveis por controle remoto. Pelo que pude ver no vídeo de apresentação da Fodawear — ops! Fundawear —, você vai precisar de dois smartphones, um para ativar os sensores que bolinarão à distância os seios e as pudendas da sua gata, e ela o setor porta-pica da sua cueca, e outro para trocar imagens em tempo real, como no Skype, Facetime, Whatsup, Whadafuck etc.

O bagulho pode ser visto num vídeo demonstrativo que circula na internet protagonizado por uma morena gostosérrima envergando o conjunto calcinha e sutiã vibratórios, e por um carinha com a cueca do kit. Mas acho que logo vão inventar sensores que permitam maior grau de nudez. Em todo caso, o recado tecnológico parece claro: a depender dos cientistas high tech, o sexo presencial está com os dias contados. O coiso na coisa, a pele contra a pele, dedos e línguas em ação, a intensa troca de fluidos eróticos, tudo isso vai ser coisa de bicho do mato ou de gente paupérrima. As pessoas conectadas, num futuro que já bate (e chucha e futuca e bota a cabecinha) à nossa porta, vão se conhecer apenas através das redes sociais e todo fuque-fuque vai rolar por controle remoto, no estilo da "Fodawear".

Quanto à procriação, ficará a cargo de técnicos de máscara e luvas cirúrgicas em laboratórios assépticos. Eles é que vão apresentar os espermatozoides aos óvulos, em larga escala, e não apenas em circunstâncias clínicas especiais, como hoje. Sem falar na arrepiante perspectiva com que nos acena a tecnologia cada vez mais desenvolvida da autoclonagem, em que as células do corpo são convidadas a reproduzir a si mesmas, descartando espermatozoides e óvulos.

Ou seja, a partir de daqui a pouco, quem corocô, corocô, quem não corocô vai ter que baixar um aplicativo de bolinação à distância — e não vai mais corocá, como diria o japonês da piada. Não no lugar de sempre, pelo menos. E só não me alongo mais nesta excitante disquisição futurista porque a minha cueca começou a vibrar aqui de um jeito muito estr-tr-tr-tr-tranho... *ffffffff!* .... Eita porra!

O desejo em dois tempos

1

Zarrah Angel é uma atriz pornô americana. Até aí, nada de mais, se você descontar o gosto que a Angel tem por tatuagens bizarras. Na verdade, enquanto Angel, ela é o tipo pra quem um *tough guy* americano com cara de Spencer Tracy diria num filme noir: "*You're no angel, Angel*" — que eu traduziria por: "Você não é nenhum anjo, meu anjo."

Aos dezoito anos, pra se ter uma ideia, a fofa mandou tatuar uma enorme cruz no peito, entre as tetas. Detalhe: a cruz está de cabeça pra baixo, no melhor estilo anarcossatânico.

Mas sua grande sacada, pérola de ousadia, foi encomendar uma outra tatuagem feita ali onde o sol não bate, como diz uma expressão em língua inglesa que designa o velho brioco de um jeito, digamos, poético. Angel tem ali tatuada a expressão *Let it be* (Deixa estar), mais uma abelhinha a lhe esvoaçar rabo afora pela nádega direita, deixando atrás de si um rastro pontilhado em espiral.

Aparentemente, trata-se de uma singela homenagem aos Beatles, que imortalizaram a canção *Let it be* na voz de Paul McCartney, há quase meio século, e que é até hoje um hit certeiro nos shows do ex-beatle. Nunca prestei muita atenção na letra, mas acho que não era exatamente em sexo anal que o McCartney pensava quando compôs essa música, nem muito menos em abelhinhas a escapar pelo rabo de alguém.

De seu lado, a Zarrah Angel também diz que não pensava no Macca quando mandou tatuar *let it be* no rabo. Embora declare conhecer muitas canções dos Beatles, Zarrah Angel confessa que nem é lá grande fã dos quatro besouros de Liverpool. Se fosse, talvez tivesse tido a ideia de decorar o rabicó com um besouro, não uma abelhinha. Com ou sem Beatles, porém, o aviso de "deixa estar" na portinhola do ânus parece sinalizar um livre trânsito pra sacanagem sodomítica: deixa estar, deixa entrar, deixa gozar, deixa tudo. O lance conceitual da tatuagem tem a ver, pois, é com cu mesmo, conforme ela mesma explica com particular candura numa entrevista ao site Vice: "Sou muito ligada em sexo anal. Essa tatuagem vai ficar ali pra sempre. Ela é impressionante. E vai continuar a ser impressionante quando eu tiver oitenta anos e o meu cu tiver quinze hemorroidas."

Sublime, fala a verdade. Só faltou explicar o significado da abelinha que sai voando do seu fiofó. Seria uma delicada metáfora dos ventos intestinais que costumam escapar alados e fedorentos pelo mesmo orifício? Não me arrisco a discorrer sobre a questão, uma vez que não sou versado na linguagem simbólica das tatuagens. Nem na dos cus e dos peidos. Sei é que Zarrah Angel se deu bem com sua tatuagem anal. A notícia bombou na internet e o interesse em ver seu rabo tatuado só fez aumentar seu cachê, valendo-lhe os quinze minutos warholianos de fama no centro da indústria pornô americana. Foi uma ideia mercadológica muito da safada que lhe saiu do... ahn... da cabeça.

Quando vi aquilo, e à falta de coisa melhor pra fazer, me pus a campo na internet pra tentar saber mais sobre tatuagem anal. Há verdadeiros achados dadaístas, como esta inscrição no rabo de outra fulana: *Love stinks.* (O amor fede.) Mas, no geral, a maioria das tatuagens anais trazem apenas o nome do suposto amado da proprietária da toba, a indicar que ele, e só ele, tem livre acesso àqueles recônditos domínios anatômicos.

Mas, e se a moça vier a romper relações com o homenageado? Ou ele com ela? Essa é a pergunta que não para de piscar naquele cu. O próximo da fila com certeza não vai se sentir muito confortável ao adentrar um roscofe batizado com o nome de Freddy ou Ubaldson, por exemplo. A menos que ele também se chame Freddy ou Ubaldson. Meio difícil no caso desse último nome. Onde a moça acharia outro Ubaldson pra chamar de seu? E raspar uma tatuagem do rabo, ai ai ai, não deve ser nenhum passeio no parque.

2

E já que estamos em franco território libertino, misturando sem cerimônia desejo, sexo, ânus, peidos e fezes, tomo aqui a temerária liberdade de mencionar o dono de uma outra libido, leia-se de um outro sistema desejante, que, apesar de ter sido alto funcionário das finanças públicas de seu país, não vai se importar muito em ver seu nome e seus feitos eróticos expostos aqui. Trata-se de monsieur D'Aucourt, aristocrata francês que viveu no século XVIII, na corte de Luís XVI, o rei de

França que perdeu a cabeça em 1789 e nunca mais a encontrou.

Monsieur D'Aucourt é descrito por uma elegante e dispendiosa cocote francesa que o conheceu bem como "um homem de cerca de cinquenta anos, atarracado, gordo, mas um tipo agradável e espirituoso". Segundo a profissa, chamada madame Duclos, o primeiro galanteio que ouviu dele, durante um elegante e especialmente lauto jantar, foi: "Você deve ter a mais bela bunda do mundo." A partir daí, a moça já fez uma ideia do que lhe vinha pela frente. Ou por trás. Mas estava ligeiramente equivocada.

Horas depois, nus na alcova, a madame Duclos de barriga cheia e já em adiantado processo digestivo, vira-se o respeitável financista e lhe pergunta sobre o estado de sua saúde. A dona da mais bela bunda do mundo assegura-lhe ser "saudável como um bebê recém-nascido".

Isso pareceu tranquilizar o homem, que passou, então, a oficiar seu ritual erótico, deitando de costas na cama e fazendo a cocotinha se instalar sobre ele ao reverso, num clássico 69. A diferença é que, em vez de se ocupar da genitália de sua parceira, D'Aucourt encaixou sua boca no orifício rugoso da mais bela bunda do mundo, aguardando que "a galinha botasse um ovo", em suas palavras. A galinha, que àquela hora da madrugada, com as tripas repletas das mais finas iguarias, só pensava em se aliviar, não se fez de rogada e encheu a boca do homem de matéria orgânica saída fresquinha de seus intestinos.

Enquanto defecava, a complacente hetaira ocupava-se em boquetear o pirilau de seu amante, dos menores que ela já tinha visto e saboreado, até fazer o homem gozar, o que ele fez enchendo-lhe a boca de porra libertina, substância bem mais palatável, em todo caso, que a outra, de consistência pastosa, que ele se comprazia em saborear em seu mui particular banquete coprofágico.

Bom, já não sou nenhum garoto, mas posso adiantar que eu não estava lá naquela alcova de prazeres extremos, em pleno século XVIII, pra poder vos dar meu vivo testemunho da absoluta veracidade de tal cena. Quanto a isso, teremos, eu e você, que dar crédito ao divino Marquês de Sade, que a descreve em seu *Os cento e vinte dias de Sodoma*, livro redigido na Bastilha em 1785, onde estava preso por atividades antimonárquicas, anticlericais e francamente atentatórias aos pundonores oficiais. Embora passe hoje por um relato de ficção, há quem afirme que *Os cento e vinte dias* são, na verdade, um compêndio das práticas libido criminosas de um punhado de famosos libertinos da época, histórias que Sade teria apenas ouvido, embora haja quem acredite que ele também teria se esbaldado em devoções sodomíticas na companhia de alguns deles.

E com isso, amigo, me despeço por hoje, de olho guloso num estupendo prato de capeletti à bolonhesa regado a um vinho razoável que me aguardam à mesa, infelizmente sem a dadivosa companhia da "mais bela bunda do mundo", da qual, fosse eu monsieur D'Aucourt, teria usufruído de maneira bem diversa. E aposto que você também. Bon appétit!

O amor é estranho

"Star" é o que você chamaria de uma gatinha. Não tremenda gatinha. Mas gatinha, ainda assim. Esbelta sem ser uma sarada de academia, cabelos lisos, de um loiro escuro, a moça passa uma doçura meio safada no olhar e é dona de uma voz suave e envolvente que deixa qualquer marmanjo pensando imediatamente em trêfegas sacanagens. A Star postou uns vídeos no youtube que não deixam dúvidas quanto a isso. Quando ela olha pra câmera, ou seja, pra você, as trêfegas sacanagens começam na sua cabeça. Verdade que ela era bem mais atraente antes de riscar com algum tipo de lâmina uma cicatriz em forma de X na testa, em homenagem ao seu bem-amado, que tem uma suástica inscrita a faca no mesmo lugar.

Well, você não gostaria de encontrar um sujeito com uma suástica na testa e um olhar delirante num lugar ermo, de dia ou de noite, em qualquer quebrada do planeta. Nem mesmo na Corcoran State Prison, na Califórnia, onde o tipo em questão cumpre uma sentença de prisão perpétua por ter ordenado o assassinato de sete pessoas em 1969, inclusive da bela e grávida atriz Sharon Tate, então mulher do cineasta Roman Polanski, antes que ele saísse por aí sodomizando garotinhas de treze anos.

O príncipe encantado da Star — ela não revela seu nome verdadeiro — tem cinquenta e quatro anos a mais que ela. Parece que Star, apelido que o próprio serial killer lhe pregou, apaixonou-se ainda adolescente por um Manson já preso havia muitos anos. Nessa época, seus pais, religiosos batistas, mantinham-na sob estreita vigilância, trancada no quarto a maior parte do tempo por uso de drogas. Star jura que não se apaixonou por Manson por seu status de mega-homicida e maluco registrado, e sim por sua militância ambientalista em prol do planeta, das florestas, águas, ar, animais etc. etc. etc.

Não sei de que meios Manson lança mão pra exercer sua alegada militância natureba, nem se o deixam ter um blog na prisão, do que duvido. Sei é que a Star, sua fanzoca número um, mantém vários websites que agitam a bandeira "Deem uma chance a Manson". E é melhor darem logo. Parece que o velho tá meio surdo, com os pulmões ferrados e sabe-se lá em que estado anda seu velho e gasto aparelho reprodutivo.

Manson gravou aquela suástica na testa em dois tempos. Primeiro, em 1970, já em cana, antes de se apresentar à sua primeira audiência no tribunal. Na época, era só um X, simbolizando que ele era um ex-tudo (em inglês, a letra X se pronuncia *éx*), um outsider absoluto, alguém que já não é deste mundo. Mais tarde é que ele teve a obtusa ideia de fazer as perninhas nazistas do X. O que uma suástica teria a ver com ambientalismo, a Star não explica ou sequer menciona.

A guria acredita piamente que Manson foi vítima de uma injustiça, pois era "apenas" o líder de uma seita empenhada em resistir a um suposto complô dos negros americanos visando a extinção da raça branca, primeiro nos Estados Unidos, depois em toda a face da Terra. Os assassinatos cometidos pelo grupo de Manson, em meio a genuínos festins diabólicos, tinham como finalidade jogar a culpa nos ativistas revolucionários da época, jovens antirracistas e contrários à guerra do Vietnã, como os Black Panthers e os Weathermen, que tratavam de aterrorizar os States na época com bombas e sequestros. E a ideia era provocar dessa maneira um violento contra-ataque dos brancos capaz de aniquilar negros e simpatizantes da causa negra, da paz e, por tabela, da justiça social. Não se pode negar que Mr. Manson seja um discípulo fiel do seu Adolfinho, o fundador daquela gracinha de movimento belicista e genocida conhecido como nazismo.

Ou seja, Manson, em seu perturbado delírio megalômano, lutava para acirrar ainda mais a histórica beligerância entre brancos e negros em seu país. Mais merda na cabeça que isso, impossível. Malucos da pá virada — virada pras bandas do mal — é o que eram ele e seus seguidores. Uns diabos hipongos que poderiam ter saído da barriga de Mia Farrow no filme *O bebê de Rosemary*, grande sucesso de Polanski de 1968, um ano antes dos assassinatos arquitetados por Manson, que, no entanto, segundo o inquérito policial, não os teria cometido com as próprias mãos. Deixou isso a cargo das garotas do seu grupo. Um feminista avançado, esse Manson, dando chance às mulheres de cometer as atrocidades que normalmente têm ficado a cargo dos homens na história do planeta.

A trajetória desse Charles Manson resume a voga dos radicalismos e misticismos de pacotilha que, junto com o arroz integral, a ioga, o ácido lisérgico e a cítara indiana, constavam da pauta do desbunde sessentista, sobretudo na Califórnia da Janis Joplin, Mammas and the Papas, Jim Morrison e grande elenco. A maior parte dessas facções, seitas e doutrinas era inofensiva, resumindo-se a posturas e atividades físicas, música esquisita ou muito louca, uma alimentação que segregava todas as coisas gostosas à disposição do paladar, a começar pelas carnes, a crença na sabedoria transcendente dos astros, óvnis incluídos, e na força transformadora do amor, do sorriso e da flor.

Outras seitas, porém, delirantemente politizadas, pegavam pesado e cobravam sangue humano em seus rituais e ações, seja o das pessoas estraçalhadas pelas bombas dos Weathermen nos anos 1970, seja o dos otários e otárias que se aproximavam de seus líderes na expectativa de ouvir a definitiva palavra transcendente e liberadora. Esse parece ter sido o caso da escultural Sharon Tate, que ouviu o galo cantar e o convidou pra tomar umas lá em casa. Levou mais de uma centena de facadas pelas mãos das killing girls a mando do Manson.

Manson era caso de polícia desde que nasceu. Filho de uma prostituta alcoólatra de dezesseis anos com sabe-se lá quem, o sobrenome lhe veio de um breve relacionamento que a mãe teve com algum cafiolo que resolveu assumir a paternidade do garoto, provavelmente só pra posar de pater familias diante das autoridades. A vida do jovem Charlie, como era previsível, não foi nenhum passeio no parque, transcorrendo entre reformatórios na adolescência e prisões na vida adulta, locais onde sofreu e infringiu abusos de toda espécie, tendo sido, por exemplo, currado várias vezes, a ponto, diz ele, de se tornar um bissexual assumido. Durante um tempo sua especialidade foi roubar carros, embora a última cana que puxou antes dos assassinatos, de seis anos, tenha sido motivada pela falsificação de um reles cheque de trinta e sete dólares quando estava em liberdade condicional.

Vincent Bugliosi, o promotor público do caso conhecido como Tate-LaBianca (o casal LaBianca foi morto no dia seguinte ao assassinato da Sharon Tate e seus quatro amigos), autor de um livraço de seiscentas estarrecedoras páginas sobre o caso, relata que Manson, depois de cumprir sua última pena, caiu de boca no flower power californiano, em San Francisco. O ambiente de extrema permissividade lhe pareceu o paraíso adaptado à Califórnia: muito amor livre, drogas, sobretudo maconha e ácido, ócio desbundado, rock e muita gente jovem, sobretudo garotas birutinhas em busca de um líder espiritual, fosse ele mestre iogue, professor de levitação, citarista indiano, astrólogo, decifrador de tarô ou um maluco de olhar esgazeado e ideias visionárias recém-saído da prisão, como Charles Manson.

"As mulheres o adoravam", conta Bugliosi, "começando pela bibliotecária Mary Brunner, seguida pela bonitinha Lynette Fromme (chamada de Squeaky), pela ninfomaníaca Susan Atkins e pela ricaça Sandra Good". Esse era o time de carniceiras místico-revolucionárias que fizeram o serviço homicidário a mando de Manson e sob influência das músicas do chamado disco branco dos Beatles, nas quais viam signos ocultos que orientavam suas ações, em especial a zoada canção *Helter Skelter* (Montanha-russa), título, aliás, do livro do promotor. (No Brasil saiu como *Charles Manson — Retrato de um crime repugnante*.)

Difícil dizer se a lindinha Star se uniria a esse time de perigosas Manson girls se vivesse naquela época, mas não me parece improvável. Afinal, se hoje em dia ela morre de tesão pelo velhote doente, banguela e de bengala, com aquela suástica riscada na testa, e há mais de quarenta anos em cana, o que ela não faria pelo jovem, livre e carismático Manson em meio à vertigem dos anos 60? Até o X ela já imprimiu a faca na testa, sem, no entanto, ter tido o desplante de completar as perninhas da suástica, como fez Manson.

Star visita o maluco na prisão todo sábado e domingo, sempre que ele não está na solitária por ter aprontado alguma, o que acontece com frequência. Sob as vistas de dois guardas armados de cassetete e spray de pimenta, pode dar um beijo no homem, conversar e se distrair com ele por cerca de cinco horas a cada dia. Diz ela que vai se casar com Charles Manson. O doidão, porém, desconversa: "Isso é um monte de lixo. A gente só tá inventando essa história pra consumo do público", ele afirma numa entrevista recente à revista *Rolling Stone*, posando de iconoclasta. Mesmo assim, sempre que a Star aparece para visitá-lo, Manson se ilumina e saúda sua noivinha com a mesma frase: "Star! Não é uma mulher. É uma estrela na Via Láctea!"

Fofo, né? O chato é que a justiça americana não permite visitas íntimas ao assassino de Sharon Tate. Chato pra moça, porque o Manson tá pouco se lixando. Diz ele na mesma entrevista: "Sexo pra mim é como ir ao banheiro. Pode ser com uma garota, pode não ser, pra mim tanto faz."

Caraca. Tudo bem que Elvis Presley já tinha nos advertido de que o amor é estranho — *Love is strange*. Mas, cazzo! Onde essa gostosinha da Star foi amarrar sua estelar libido! Tanto lugar melhor pra brilhar, minha linda estrela — como lhe diria uma tia sábia ou um sátiro caquético como eu.

A superior inteligência poligâmica

Qual o bicho mais inteligente da natureza? O *Homo sapiens*, dirá você, puxando a brasa pra sua espécie. No entanto, havemos de convir que certas atitudes torvas que caras como eu e você tomam na vida geram fortes dúvidas a esse respeito. Ok, mais eu do que você, reconheço. Nos meus piores momentos, de fato, pareço figurar entre as mais estúpidas formas de vida a se mover na crosta terrestre. Mesmo assim, sempre que acordo de uma noite de balada mais pesada, na qual posso ter me comportado de forma bem pouco sapiens, boto a consciência de joelhos e rendo loas ao gênio da espécie que inventou substâncias milagrosas tais como o ácido acetil salicílico, o paracetamol, o ibuprofeno e a sublime dipirona.

Mas o que leva uma espécie como um todo a adquirir mais ou menos inteligência do que outras? Calma. Não vou puxar um Darwin aqui e abrir uma interminável discussão sobre a evolução das espécies. Cito apenas uma pesquisa levada a cabo pelos biólogos Brian Hollis e Tadeusz J. Kawecki, da Universidade de Lausanne, na Suíça, mencionada dia desses na imprensa mundial. Os caras pegaram uma variedade da mosca drosófila (*Drosophila melanogaster*), aquela que vive de fruta podre caída no chão, e obrigaram um punhado de machos dessa espécie poligâmica a se tornar monogâmico. Fizeram isso simplesmente trancafiando um macho e uma fêmea no mesmo ambiente. Os casais de drosófilas assim formados aprenderam o significado da velha expressão humana "Não tem tu, vai tu mesmo".

Eis que, aprisionado num matrimônio monogâmico, o mosco drosófilo não tem mais que afastar os rivais na porrada nem fazer serenatas pra fêmea, como é de sua natureza. Muitas serenatas por dia pra muitas fêmeas, efetivamente. E a fêmea, por sua vez, não precisa mais ficar observando com atenção o ambiente à cata de machos bem-sucedidos no mercado sexual da sua comunidade, de forma a angariar bons genes pra sua prole. E olha que ela também roda bem, a danada. Isso no entanto é o passado. De agora em diante, se quiserem dar umas bimbas, vai ter que ser com o parceiro escolhido pelo cientista. Melhor que nada, diria algum ser mais conformista dessa espécie. Mas a monogamia forçada é só o começo das atribulações por que irão passar os casais monogâmicos no laboratório dos biólogos.

O que os doutores Hollis e Kawecki fizeram na sequência foi submeter os dois grupos de drosófilas, o das moscas naturalmente promíscuas e o das forçadamente monogâmicas, a um teste de inteligência. Primeiro submeteram ambos os grupos a um rude teste olfativo que consistia em introduzir as moscas num cano onde era soprado um odor intenso e desagradável de parafina queimada. Em seguida, chacoalhavam com violência o cano, provocando um terremoto traumático pra qualquer um, mosca ou não mosca, de modo a que associassem as duas sensações desagradáveis na memória: um certo fedor e a trepidação apavorante.

Com os dois grupos de drosófilas assim condicionados, vinha a segunda fase do teste. As moscas monogâmicas, e depois as poligâmicas, eram introduzidas em outro tubo que, por sua vez, desembocava num segundo tubo transversal, formando um T. De uma extremidade do tubo transversal vinha o cheiro ruim associado ao terremoto. Da extremidade oposta chegava um cheiro diferente, sem nenhuma associação específica.

O que os cientistas constataram foi que boa parte das moscas monogâmicas seguia em direção à extremidade do tubo transversal que emanava o cheiro de parafina queimada, apesar de associado ao terremoto. Já a quase totalidade das drosófilas poligâmicas, ao chegarem na bifurcação do T, escolhiam sem titubear a extremidade de onde vinha o outro odor não associado à chacoalhação infernal. Em resumo: as moscas poligâmicas mostraram uma capacidade de aprendizado estatisticamente muito maior que a de suas colegas monogâmicas, que, mais sonsas, não pareciam ter aprendido nada com a experiência recente e entravam pelo cano errado. Resumo do resumo: a vida monogâmica tinha emburrecido as drosófilas, enquanto as poligâmicas tinham permanecido espertas como sempre frente aos dilemas da vida.

E por quê? Óbvio: toda a trabalhosa e complexa liturgia dos múltiplos acasalamentos estimula sensivelmente a inteligência dos indivíduos entregues à alegre e aventurosa poligamia, ao passo que a pasmaceira e a falta de novas emoções inerentes à vida monogâmica embotam o intelecto dos cônjuges exclusivos. Isso, no mundo das drosófilas, claro.

A questão é se essa constatação científica, que vale pra *Drosophila melanogaster*, poderia se aplicar também ao *Homo sapiens*. Os dois cientistas que realizaram o experimento puxam um discreto pigarro e respondem algo como "Bem, veja...", furtando-se a nos dar uma resposta conclusiva, talvez porque integrem, eles próprios, matrimônios teoricamente monogâmicos e não querem arrumar treta com suas excelentíssimas consortes. Espero que o amigo leitor não espere de mim uma resposta conclusiva a tal questão, não aqui, pelo menos, mas aposto como em sua cabeça alguma conclusão deva estar ululando agora, mesmo à sua revelia.

Em todo caso, uma rápida comparação entre a vida de certos bichos monogâmicos e a dos poligâmicos pode contribuir o seu tanto pra essa discussão. O castor, por exemplo, forma casais que vivem em industriosa monogamia até que a morte os separe. Só aí a fêmea ou o macho saem à procura de um novo parceiro ou parceira. Durante a vida em comum são absolutamente fiéis um ao outro, entregues à rotina extenuante de construir diques em riachos. Há quem os considere mais inteligentes que a média dos demais roedores por conta desse trabalho de engenharia. O fato é que, inteligentes ou não, boa parte da população de castores virou gola de casaco de madame e a espécie já se encontra extinta em vários ecossistemas.

No outro extremo, o dos animais gandaieiros, está o golfinho, um pegador inveterado. Esse mamífero aquático trepa várias vezes ao dia com diferentes fêmeas e fora do período de fertilidade das companheiras. Trepa por trepar, e até com senhoras e donzelas de outras espécies, como alguns tipos de baleia e, pasme, tartarugas marinhas! Golfinho é foda. É capaz de decapitar um peixe pra foder-lhe a carcaça. (Tem um vídeo exibindo isso na internet, vai lá ver.) E mergulhadores já avistaram golfinhos com enguias enroladas em seus pintos duros a masturbá-los. Taí uma ideia que nunca tinha passado pela cabeça do meu pau.

Difícil decidir qual tarefa demanda mais inteligência: construir diques ou convencer uma enguia a se enrolar no teu pau pra te masturbar. Falando nisso, também não deve ser muito fácil convencer uma tartaruga a liberar o retrocasco, se você não é um tartarugo bem-apessoado.

Na dúvida, faça o teste você mesmo, se for casado, apostólico, monogâmico. Primeiro, detecte seu QI atual num teste da internet. Depois, bote uns panos bacanas, arrume um estoque de boas desculpas pra dar em casa e caia de boca na night de duas a três vezes por semana, focado em pegar geral. Só não vale putaria, porque aí é muito fácil. Depois de uns três meses, recalcule o seu QI e veja se ele não aumentou um pouquinho, mesmo ao preço de ter seu saldo bancário rebaixado e a sua vida conjugal bastante bagunçada.

Agora, se estiver muito difícil de pegar mulher, num nível de poligamia drosofiliana, instale em algum lugar secreto uma espécie de ofurô-aquário e tente fazer como o golfinho: passe o rodo nas tartarugas marinhas e nas enguias que você vai criar lá. Baleia não, que não vai caber no seu aquário. Mas, olha, não deixe ninguém te espiar em ação. A pessoa pode chamar a sociedade protetora dos animais e aí os caras vêm e te levam em cana. E o pior é que vai dar no jornal e na TV, vão te chamar de Homem-Golfinho, vai ser um vexame. Ou, então, pior: vai que um sacana dá um jeito de jogar umas piranhas não metafóricas no seu harém...

Malabaristas do sexo

Sexo? Normal. E sexo normal? Aí a coisa complica. Pra começar, o que seria o sexo anormal? Tirando pedofilia e toda forma de estupro, pra mim pouco se me dá, deu ou dará se, por exemplo, alguém me contar que necrofilizou a própria vovozinha recém-falecida. Não prejudicando ninguém, tá tudo certo. Talvez no céu a vovozinha até lhe agradeça. É só fechar o caixão e a porta da cripta direitinho depois que tá limpo. Quer dizer, mais limpo estará depois que o necrófilo tomar um banho com algum bactericida poderoso.

Essa velha questão do que é normal, do que não é, em matéria de sexo, rebrotou na minha cabeça — a de cima, naturalmente — depois de ler o que o Felipão Scolari, o técnico da seleção brasileira de futebol de 2014, disse numa entrevista em Lisboa, antes da última Copa. Ao ser perguntado se ia liberar o sexo pros jogadores na concentração, Felipão mandou: "Se for sexo *normal*, sim. Se for *normal*, é *normal*, não é lá em cima no telhado. *Normalmente*, o sexo *normal* é feito de forma *equilibrada*, mas tem algumas formas, alguns jeitos, e outras pessoas que fazem *malabarismo*. Isso aí não." (Os itálicos são meus. O final sintaticamente arrevezado da fala é dele.)

A galera presente à entrevista se espandegou de rir. Parecia texto da velha Praça da Alegria, pré-sitcom televisivo dos anos 60, com uma malícia meio ingênua e absurdete. Aquela insistência pleonástica no *normal* e na *normalidade*, e a interdição do "malabarismo" sexual são mesmo hilárias. Há muito mais sacanagem nessas palavras, pelo que ocultam e sugerem, do que haveria num papo de bebuns no boteco da esquina falando de mulher. Afinal, que pessoas eram aquelas que faziam "malabarismo", segundo Scolari? E que malabarismos seriam esses? E o que, por Nossa Senhora da Aparecida, seria normal e o que serial anormal numa trepada?

E outra pergunta que badala na cabeça de todo mundo: como Felipão, arvorando-se em bedel do sexo alheio, pretende controlar o grau de malabarismidade de uma trepada do Neymar, por exemplo? Já vejo o homem irromper no quarto do atacante quando o garotão está prestes a atacar sua parceira pulando de cima do armário ou do lustre com a pila em riste: "Desce já daí, Neymar! Sem malabarismo, *cazzo*! Olha, eu vou te mostrar como se faz sexo normal e equilibrado aqui com a sua namoradinha. Com licença, moça, não me leve a mal. Minhas intenções são puramente... *êr*... como direi... puramente didáticas. Fica olhando, Neymar. É assim que se faz, ó..."

Claro que a imprensa e os blogueiros em peso deitaram e rolaram no episódio até a exaustão. Os humoristas, então, se superaram, tirando rios de verve sacana das manguinhas de fora. O sempre afiado Xico Sá cravou no mesmo dia: "Sexo pode. Ufa! Felipão adverte apenas contra os 'malabarismos'. Os bambuais do Kama Sutra, o mais antigo livro do gênero, nem pensar, amigo. A posição do canguru perneta, vixe, esquece (...)."

Posição do canguru perneta? Será que tem isso no Kama Sutra? E como será que se diz "canguru perneta" na língua híndi?

Já o Tutty Vasques veio com essa no seu blog: "Felipão liberou a seleção para a prática de sexo 'sem malabarismos' durante a Copa do Mundo! Isso talvez queira dizer o seguinte: Cada atleta só poderá levar uma bola de cada vez para o quarto na concentração!"

Opa: será que trepar com as duas bolas já seria malabarismo? E se algum atleta, reprisando a façanha do Ronaldo Fenômeno em 2008, resolver levar três travecos pro quarto? Aí já seriam oito bolas, contando com as do jogador. Muito malabarismo, sem dúvida, e muito pouco normal, como suponho que diria Scolari, o mestre-escola da seleção. Nesse caso, muito jogador até preferiria não estar com essa bola toda num quarto de hotel.

Enfim, nesse mar de indagações, o ponto é: quais práticas estariam em definitivo excluídas do cardápio ludopédico-sexual do Felipão? Por coincidência, ando lendo por esses dias um livro antigo, já comentado aqui, todo feito dessas práticas antifelipônicas e que o nosso consagrado técnico bem teria feito em distribuir ao seu escrete de ouro a título de exemplos negativos a serem evitados. *Os cento e vinte dias de Sodoma*, se chama o livro, de autoria do divino Marquês de Sade (1740-1814), rei absoluto do sexo anormal, desequilibrado e malabarístico, que deixaria de pé as madeixas grisalhas do nosso técnico campeão do mundo.

A grande maioria desses exemplos, ou "paixões", nome que Sade atribui às formas aberrantes e criminosas de sexo praticadas por seus personagens, é de tirar o apetite do leitor, por sua desbragada escatologia. Sem falar na filhadaputice revoltante que rege a conduta dos quatro personagens principais desse romance proibidão. São eles quatro nobres milionários, um dos quais é bispo católico, que formam uma espécie de clube privado de libertinos assassinos dedicados a extrair seu gozo do exercício do mal. Pra começo de conversa, os quatro facínoras mandam sequestrar um bando de garotos e garotas da nobreza e das altas castas da sociedade francesa, com idades que vão de doze a dezesseis anos. Juntam a eles suas próprias esposas, que vêm a ser as filhas de seus companheiros, pois cada qual se casou programaticamente com a filha do outro, sendo que as meninas já tinham sido estupradas repetidas vezes por seus pais, frente e verso, desde criancinhas.

Adicionam a esse elenco quatro cafetinas contadoras de histórias eróticas derivadas de suas ricas experiências pessoais na mais desbragada e patológica putaria. Agregam umas velhas bruxas celeradas que servirão de vigilantes da garotada e eventuais participantes das putarias, mais uns garotões de programa bem-dotados, algumas cozinheiras e faxineiras, e se trancam com essa turma num castelo isolado na porção suíça da Floresta Negra para se dedicar à mais desbragada e mórbida libertinagem já narrada na literatura mundial.

Sangue, suor, esperma, fezes e outros fluidos e secreções humanas comparecem aos borbotões nas páginas do Marquês. E, dor física, *bien sûr*, muita dor física produzida pelas chicotadas e mil outras formas de tortura e humilhação que os quatro cavaleiros do apocalipse sexual infligem em doses generosas a seus jovens escravos e escravas sexuais, justificando com louvor o adjetivo "sádico" e o substantivo "sadismo" incorporados a todas as línguas modernas. Aquilo sim é malabarismo sexual, meu caro Scolari. O resto é papai & mamãe de camisinha e pijama, depois da sopa, com a luz do abajur apagada.

Cito apenas uma das "paixões" narradas por uma das cafetinas no monumental livro do Sade — monumental no sentido da magnitude demencial das sacanagens e atrocidades ali descritas, mas também pela excepcional qualidade do texto e da narrativa, moderníssimos pra época. Trata-se da historieta de um ricaço necrófilo que costumava percorrer as ruas de Paris na companhia de uma bem-vestida meretriz em busca de qualquer velório que estivesse em curso na casa de alguém. Insinuando-se no ambiente fúnebre com sua assistente, o figurão fazia-se masturbar por ela com a máxima discrição possível ao lado do defunto. Esse era o grande barato do cara: praticar sua sacanagenzinha em meio ao luto da família, e com o objeto do pesar coletivo ali espichado no caixão. A cereja do bolo era conseguir, no final, ejacular na cara do falecido, homem ou mulher, o que decerto requeria muita habilidade, prática e ousadia.

Imagine só a cena: a tia de alguém mortinha no caixão e um sujeito que ninguém conhece, provavelmente trepado num banquinho, com a piroca dura na mão frenética de uma quenga, a despejar esperma na cara da saudosa finada. Penso que mestre Scolari não aprovaria um tal malabarismo, sobretudo se a tia fosse dele. Não sei o que o nosso técnico diria ali na hora, mas que seria muito divertido estar por perto pra ouvir, isso lá seria.

Voar e gozar é questão de decolar

Tá lá a moça deitada na cama, peladaça, dobras das pernas enganchadas nos antebraços e pulsos, num improviso de cama ginecológica, pra poder arreganhar bem nhá Buçanha e nhô Brioco pra câmera — as verdadeiras janelas da alma. Troço amador pra burro, a foto, do tipo que prolifera na internet em sites pornôs ditos "amadores", dos quais se espera mesmo que sejam imagens toscas, padrão celular antigo com escassos megapixels.

Essa moça de quem estou falando, bem fornida na foto, deixando ver ao fundo seus peitos boludos, na certa siliconados, e a cara, senão bonita, ao menos agradável, que o pescoço sustenta num esforço crispado de permitir-lhe mirar a lente da câmera, quase a esboçar um sorriso que também pode ser só um ranger de dentes provocado pela tensão muscular, essa mina, repito, se estivesse botando uma cara agônica você diria que ela está prestes a dar à luz.

Mas, não, ela não está em trabalho de parto. Ela está apenas se oferecendo a um voyeur da internet, como de praxe, só que não um voyeur qualquer, de gosto convencional. Isto porque nota-se na composição da foto um pequeno detalhe perturbador, um adereço, chamemo-lo assim, que atribui ao conjunto um quê de dadaísmo anárquico mesclado a uma forma virulenta de humor negro, e não me refiro à tatuagem abdominal que é possível vislumbrar em seu corpo, embora o ângulo raso em relação à câmera não permita identificar o desenho.

Trata-se, de fato, de um modelo de Boeing 777, idêntico ao Boeing B-777 da Malaysia Airlines que sumiu em 2014 com duzentas e trinta e nove pessoas a bordo na rota Kuala Lumpur-Pequim, e que houve por bem aterrissar de bico dentro da vagina da moça. Sim senhor, bem no meio da buça tinha um 777, tinha um 777 no meio da buça da mina, e com o "777" pintado no leme, pra não deixar margem a dúvidas sobre o tipo de avião priápico que ali aterrissou. Não se vê o nome da companhia aérea que opera o modelo entuchado naquela xota, mas, se calhar, era a velha e boa Sacanair.

Que extremas condições atmosféricas, que estúpida falha técnica ou humana teria provocado aquele estranho acidente não se sabe. Mas quem postou um link praquela foto num tuíter corporativo, isso é bem sabido: foi o funcionário da US Airways responsável pela comunicação da empresa nas redes sociais, em resposta a uma cliente que reclamava do atraso de um voo doméstico, nos States. O texto do tuíter oficial, de caráter conciliador, convidava a passageira reclamona a clicar no tal link que a remetia justamente à imagem da franga assada com o 777 da Sacanair enterrado de frente em sua vagina até pouco antes da linha das asas. Ou seja, toda a primeira classe e parte da executiva estavam lá embucetadas. A imagem do aeroporto ginecológico ficou no ar por cerca de uma hora, antes que alguém na US Airways se desse conta da cagada e tirasse o link do ar.

Volto a lembrar que a brincadeira tinha um fundo bem tétrico na verdade, pois a suposta graça estava em insinuar que o paradeiro da aeronave real sinistrada na Ásia tinha sido por fim esclarecido: o 777 malaio não estava no fundo do oceano Índico, e, sim, no fundo do bucetão de uma exibicionista ou quenga performática.

A foto foi, afinal, retirada da rede e em seu lugar veio a desenxabida retratação da companhia: "Desculpamo-nos por uma imagem inapropriada que compartilhamos num link em uma de nossas respostas. Já removemos o tuíte e estamos investigando."

Até onde consegui apurar, o encarregado dos tuítes da US Airways, e também da coligada American Airways, tinha recebido momentos antes a foto fatal de algum engraçadinho e, em vez de apagá-la no ato, resolveu curti-la mais um pouco, terminando por linká-la inadvertidamente na resposta à cliente injuriada, chamada Elle Rafter, que teve seu breve momento de notoriedade no lance.

Diz a companhia aérea que tudo não passou de um acidente de percurso. Mas vai saber se o tal funcionário não estava simplesmente de saco cheio de responder reclamação de passageiro injuriado e resolveu mandar tudo pro caralho, a moral quaker norte-americana, os bons costumes corporativos e seu próprio emprego. Isso, depois de pipar um cachimbo de crack no banheiro, ou algo assim.

Eu daria uma mecha dos meus escassos cabelos brancos pra ver a reação da dona Elle Rafter quando abriu o link e viu o aerobucetão. "Porra", deve ter explodido a mulher, "é isso que a companhia sugere que eu faça?! Que enfie o avião atrasado no meu portão nº1?"

Bom, dona Elle, pelo menos o diligente funcionário não sugeriu que a senhora o reposicionasse no portão nº 2, logo abaixo. Aí era capaz de doer um pouquinho.

A foto original, diga-se de passagem, pode ser acessada dando uma busca pelos termos em inglês: "amateur girl crazy bizarre insertion". Trata-se de uma galeria de fotos exibindo formas bizarras de inserção vaginal, que incluem utensílios variados, como mangueiras de aspirador de pó, velas acesas e bonecas Barbie. A do avião é a mais normalzinha delas.

Como era previsível, o desastrado tuíte da US Airways com a imagem pornô, do tipo classificada nos Estados Unidos como NSFW ("not safe for work", algo como "não é seguro abrir no trabalho"), tornou-se viral na internet e provocou uma enxurrada de tuítes graciosos, dos quais dou aqui uma pequena amostra:

"Já iniciaram as buscas pela caixa-preta do avião? Qualquer coisa, contem comigo."

"Se você tem um emprego, não abra os tuítes da US Airways. Melhor ficar aí quietinho no Excel."

"Eu sempre disse que a US Airways oferece o mais amplo espaço para as pernas."

"A reportagem da CNN já ligou pra US Airways: 'Ouvi dizer que vocês acharam um avião perdido?'"

"Uau! Já ouvi falar de gente que fodeu e de gente que se fodeu num avião, mas isso é ridículo!"

"A garota deve ter dado graças a Deus que não se tratava de um 787 Dreamliner."

"Parece que a US Airways opera com mais destinos do que a gente imaginava."

"Ela tá dando à luz um avião. É assim, crianças, que se fazem os aviões."

E por aí vai. Essa história do avião embucetado me lembra um episódio ocorrido em 1995, esse sim fruto de uma molecagem do funcionário responsável por mandar mensagens aos painéis luminosos da rodovia Castello

Branco, que liga a cidade de São Paulo ao oeste do estado homônimo. Num determinado dia daquele ano, os motoristas que chegavam à capital, vindos do interior, se depararam com um primeiro aviso que dizia: "Atenção! Mulheres gostosas a 1 km!" Logo a seguir, outra mensagem luminosa: "Mulheres gostosas a 200 m." Findos os duzentos metros, mais um aviso: "Mulheres gostosas: saída 26b."

Não há nenhum registro confiável apontando quantos motoristas carentes ou apenas curiosos pegaram a saída 26b pra ver as mulheres gostosas que o município de Carapicuíba, parece, às margens da Castello, tinha a oferecer, a julgar pelas mensagens. O que se sabe, ao certo, é que o funcionário da empresa que administrava a rodovia foi pro olho da rua no mesmo dia. Se ainda estiver desempregado e for meu leitor, fica a sugestão: tem uma vaga de tuiteiro corporativo à sua espera lá na US Airways. Se você pegar esse job, não se esqueça de avisar a gente. Eu e meus curiosos leitores ficaremos de olho atento pra ver o que virá depois das mulheres gostosas da rodovia Castello Branco e do aeroporto vaginal americano.

(Oba!)

Fuque-fuque tour

Aletta Haggard, 32, e Magnus Rasmussen, 38, formam um casal loiro e saudável em idade reprodutiva e sem filhos. São dinamarqueses e moram em Copenhague. Magnus é engenheiro especializado em automação industrial na área de alimentos. Ele trabalha numa tradicional fábrica de brysslkex, que outra coisa não é senão aquele mortalmente delicioso biscoito amanteigado dinamarquês que faz seu colesterol duplicar a cada mordida, seco ou molhado no chá. Aletta é oceanógrafa, mas vive em terra dando aulas de história marítima da Escandinávia para o colegial e preparando obras e coleções sobre o assunto para editoras. Desenvolveu uma adição quase patológica por brysslkex depois de conhecer o Magnus, chegando a engordar uns vinte quilos. Ou mais. Não que ela já não fosse tarada por brysslkex desde que aprendeu a falar brysslkex, como toda boa criança dinamarquesa. Mas conhecer um dos cérebros por trás da engrenagem que produzia milhões de brysslkex todos os dias, como Magnus, fez com que ela perdesse o controle sobre a sua fissura por brysslkex. A balança eletrônica chinesa do seu banheiro que o diga. Inda mais agora que está grávida. Falando nisso, esta é a história de como e por que Aletta engravidou.

Aletta, no entanto, sentia-se pronta a trocar todos os brysslkex do mundo por um pouco mais de sexo. Fazer sexo, foder, *kneppe*, é isso que ela queria. Forçada a uma dieta severa de sexo e suas lambanças complementares, ela caía no brysslkex direto. E de uns tempos pra cá começou a sonhar também em ter filho. Um só já tava bom. Bem verdade que ia ser um atrapalho no trabalho, como diria John Lennon traduzido por Leminski. Ela sabia disso, embora estivesse cada vez mais disposta a introduzir algum grau de bagunça infantil na ultraorganizada vida doméstica que levavam. Seria um remédio antimonotonia conjugal. Também já não lhe importava a perspectiva de ver a maternidade restringir sua liberdade de ir e vir. Ela não estava mesmo indo nem vindo pra e de nenhum lugar muito empolgante em seu dia a dia. Quando tocou no assunto com Magnus, pôde notar que o maridão não deu pulos jubilosos de alegria nem nada parecido. Um filho?! Um ser berrante, mijante, cagante, carente e faminto implantado no centro daquele conforto todo em que eles viviam? Pra quê? Magnus, de fato, não pronunciou essas palavras, mas a cara dele sim, e como!

Aletta teve, então, um desses gestos de loucura que um dinamarquês trágico a la Hamlet entenderia e louvaria. Foi ao gineco e mandou tirar o DIU, sem avisar o Magnus. Já estavam casados há dez anos, tinham passado dos trinta, ele bem mais que ela. Ou lhe vinha logo esse bendito filho ou ficaria pra sempre no limbo dos grandes projetos irrealizados. E ela seguiria ensinando a seus alunos as geladas façanhas de Erik, o Vermelho, e seu filho Leif Erikson, na Groenlândia do século X.

Assim que seu útero voltou ao normal depois da retirada do ferrinho anticoncepcional, Aletta passou a atacar Magnus com todo o seu arsenal de sedução, que incluía jogar viagra ralado na sopa de beterraba do marido, seu prato preferido. De pouco adiantou. Se porventura o pó de viagra com beterraba deixava de fato Magnus de pau duro, isso ela não era convidada a constatar com suas mucosas íntimas. Quando não estava trabalhando até de madrugada na fábrica de biscoitos — "O brysslkex não dorme nunca!", esse é o brado de guerra de Magnus Rasmussen —, o maridão ficava pela rua enchendo a lata com os amigos, atividade genérica que podia incluir umas ocasionais molhadas no próprio biscoito, esse incurável insone, primo erétil do brysslkex. Quando em casa, Magnus podia ser encontrado à noite vendo futebol na TV da sala com uma long neck apoiada em cima do barrigão estufado, cabeceando de sono. E a Aletta só lá no brysslkex. E na siririkl.

O problema da Dinamarca é que há milhares de casais ainda jovens na mesma situação que Aletta e Magnus, gente bem de vida, acima do peso, sem filhos e com uma vida sexual sem graça e pouco ativa. E ainda por cima se aproximando, a mulher sobretudo, de uma idade complicada pra procriar. Um estudo recente apontou que, em 1970, a dinamarquesa tinha o primeiro filho em média aos vinte e quatro anos. Agora, a idade média da primigesta é de vinte e nove anos, sendo grande o número de mulheres que decide engravidar aos trinta e cinco anos ou mais, lançando mão de dispendiosos tratamentos de fertilidade bancados pelo ainda eficiente estado de bem--estar social dinamarquês.

O resultado disso tudo é que a taxa de natalidade no país só vem declinando nos últimos vinte e sete anos, batendo hoje em 1,7 nascimento por família, número insuficiente para repor a população num nível bem equilibrado entre a parcela economicamente ativa e a massa de velhos e aposentados. A médio prazo, se nada for feito a respeito, a Dinamarca será um país de velhos. E a longo prazo só restarão as latas redondas de brysslkex nas prateleiras dos supermercados e os livros do Hans Christian Andersen nas estantes das bibliotecas como lembrança do evoluído país nórdico. O governo não sabe o que fazer, já que não pode obrigar os contribuintes a contribuírem com esperma e óvulos frescos para aumentar a taxa de natalidade. O máximo que conseguiram foi colocar de primeira-ministra, a dona Helle Thorning-Schmidt, loiraça quarentona enxutésima, pra ver se inspirava a tigrada. Ao que tudo indica, porém, só quem se inspirou mesmo foi o Barak Obama, que caiu matando de charminhos e sorrisos pra cima da própria Helle, meses atrás, durante o funeral do Mandela, com direito a selfies de rostinho colado e tudo mais, gerando uma sequência de fotos que fizeram as delícias de bilhões de pessoas pelo mundo todo, com exceção da Michelle Obama, que, do outro lado do maridão presidente, fazia a maior cara de "vou cobrir essa loira de porrada, e é pra já!".

Diante desse quadro, uma agência de turismo dinamarquesa veio com uma ideia das mais safadas e oportunistas. Observando que, segundo uma pesquisa, 46% dos dinamarqueses tendem a fazer mais sexo durante as férias ou feriados e que 10% de todos os bebês nascidos no país foram concebidos no exterior, a Spies Rejser Travel, com o apoio de uma agência de publicidade, resolveu dar sua contribuição pra tentar resolver a questão demográfica dinamarquesa lançando a campanha "Do it for Denmark". Faça isso pela Dinamarca, sendo que o "isso" (it) é aquilo mesmo que você tá pensando. A operadora de turismo faz a sua parte oferecendo o chamado "ovulation discount", ou "desconto ovulatório", a casais que queiram passar um fim de semana romântico em lugares inspiradores como Paris e Nova York, mandando bala adoidado e sem camisinha de modo a dar um reforço na taxa de natalidade do país.

E a promoção não se restringe aos descontos nos pacotes turísticos. A agência de viagens promete também um belo prêmio aos casais que provarem ter concebido um filho durante a viagem: três anos de suprimentos para bebês e mais um fim de semana grátis na mesma cidade estrangeira em que o rebento foi concebido, pra toda a família, o pequeno "estrangeiro" incluído.

Aletta Haggard se entusiasmou de cara com a campanha deliciosamente oportunista da Spies Travel e a duras penas fez a cabeça do Magnus para comprarem um pacote de fim de semana, de sexta a domingo, em Paris, a meras duas horas de viagem de Copenhague. Magnus entrou com o cartão de crédito e Aletta com as providências, entre as quais marcar a viagem para o seu período de ovulação e fazer um rápido e prático teste de gravidez na própria agência de viagens, provando que não estava grávida — ainda. Na volta, faria de novo o tal teste, capaz de acusar a gravidez apenas vinte e quatro horas depois da concepção. Em caso positivo, não teria que comprar implementos infantis como fraldas, hipogloss e papinhas do neném por três anos, e ainda voltariam os três a Paris para um fim de semana grátis.

E foi assim que se viram, Aletta e Magnus, no charmoso Hotel du Mont Blanc, em St. Germain-des--Prés, o famoso bairro boêmio parisiense. Uma garrafa de champanhe os esperava no quarto do hotel, cortesia da agência. "Maravilha!", exclamou Magnus, espoucando, não a sibilina, mas a rolha do champanhe, que foi prontamente sorvido pelo casal, ela só uma taça, ele todo o resto. Magnus ainda detonou mais quatro long necks do frigobar, junto com duas garrafinhas-miniatura de conhaque, como faria qualquer viking que se preze em Paris. Daí, bêbado e lançando olhares quase assassinos de tão tarados pra sua rotunda esposa, declarou em juízo algo como "Vamo botá pa quebrá, minha nêga!", enquanto tirava as calças e sugeria à mulher que lhe presenteasse com um *joli boquette à Edith Piaff.*

"E como é um *joli boquette à Edith Piaf?*", quis saber Aletta, toda ouriçada e caprichando no sotaque francês.

"Não sei. A Edith nunca me chupou, que eu me lembre. Hahahahaha!"

Não era uma piada muito engraçada. Mas Aletta não esperava boas piadas do marido. Dele queria apenas uma ereção competente e uma generosa gozada fervilhante de espermatozoides ávidos por mergulhar de cabeça num óvulo cheio de amor materno pra dar. Pediu, levou, só que não pela via régia da reprodução, como esperava. Ficou ali no *joli boquette* até o rejuvenescido pênis marital dar uma tremelicada e inundar sua laringe de porra briaca.

"Pronto! Gozei em Paris! Vamo comemorá, porra!", bradou Magnus num dinamarquês que, te juro, não soava muito mais elegante do que na tradução para o português. (Como vim a saber dessa história com tamanha riqueza de detalhes e como fiz as devidas traduções do dinamarquês é assunto para outra crônica, se a Dinamarca vier de novo à baila.)

Aletta e Magnus saíram, então, pra rua, atravessaram a famosa Pont des Arts, aquela de gradis repletos de cadeados inscritos com os nomes de gente apaixonada e sem muita imaginação, e foram comer ostras num restô da rue du Boulois, na *rive droite*, onde Magnus abateu duas garrafas de Sancerre e um conhaque duplo com o café, antes de voltarem de táxi pro hotel, com ele dando uns agarros bruscos nela, louvando aos berros os incríveis poderes afrodisíacos das ostras francesas e anunciando que hoje eles iam quebrar aquele hotel inteiro de tanto *kneppe*, propósito a que o motorista, se entendia dinamarquês, não deve ter dado muito crédito, em vista do pifão retado em que se encontrava o passageiro.

No elevador, ele começou a pegar no sono enquanto chupava o pescoço branco-requeijão da patroa, indiferente à câmera no teto. Se Aletta não segurasse o bicho, ele desabaria ali mesmo. Chegando no quarto, amparado por Aletta, Magnus deu dois passos trôpegos em direção à cama e nela emborcou de bruços, exalando o mais longo dos suspiros de viking abatido pelo álcool antes de sair do ar.

"Não vai nem tirar o tênis?", Aletta ainda perguntou, com a mesma entonação com que perguntaria a um físico nuclear se acharam mesmo o tal do bóson de Higgs lá na Suíça.

Um ronco de javali asmático foi o que obteve como resposta, sinal de que pelo menos o marido estava vivo, ela tentou se consolar.

No fim da manhã seguinte, o sábado, Magnus estava muito ocupado em vomitar e imprecar contra a ressaca pra pensar em sexo. Se dizia vítima da falsa excelência da birita francesa: "O conhaque é uma bosta! O vinho é suco de uva sintético com estricnina! O champanhe não passa de querosene espumante!"

Quando se sentiu melhor, ali pelo meio da tarde, saíram pra almoçar num restaurante bem ranqueado pela versão dinamarquesa do guia Fodor's. Caro e metido a besta, acharam. E comer filés de peito de pato quase crus?! Que ideia! Francês é muito apressadinho mesmo. Só mesmo enchendo a cara desse vinho de merda — propósito que Magnus cumpriu com afinco, secundado por Aletta, que resolveu encarar um pilequinho, ela também.

A rolhas tantas, tiveram a surpresa de ver entrar no mesmo restaurante um casal amigo que também tentava desfrutar as delícias da Cidade Luz com o mesmo Fodor's dinamarquês em mãos. Björn, o cara do outro casal, era um sueco vendedor de equipamentos eletrônicos casado com a dinamarquesa Birgitta e frequentador do mesmo bar e mais ou menos da mesma turma do Magnus, em Copenhague. Os amigos se atracaram num forte abraço, gratos aos céus por aquele felicíssimo encontro que salvaria a ambos do tédio romântico planejado pelas patroas. Homens são homens e podem ser tão ogros em sua hombridade em Paris como no reino da Dinamarca, onde, segundo o inesgotável Hamlet, há algo de podre.

Um novo porre viking estava a caminho, com a participação mais comedida das mulheres. Às onze da noite, Aletta e Birgitta largaram seus alcoolizados e endemoniados consortes num café próximo da rue St. Denis, a rua da putaria parisiense, com os dois falando abertamente em pegar umas putas, e saíram juntas com o propósito de voltar cada qual pro seu hotel, putas elas também, só que da vida. E é o que teriam feito se não tivessem sido abordadas por dois brasileiros no metrô, um deles um negão sarado, estilo MMA light, percussionista de um grupo de samba carioca em turnê pela Europa. O outro, um soteropolitano moreno claro de pele e de cabelo aloirado, esbanjando a mais calculada malemolência, fazia um curso de culinária "du monde" na mesma escola de gastronomia onde ministrava cursos de culinária baiana, como Teoria e Prática do Acarajé, Fenomenologia da Moqueca e Eros e Caruru.

Quando as dinamarquesas deram pela coisa, estavam no studiô do baiano em Pigalle fumando maconha, tomando um troço fortíssimo que os brasileiros chamavam de "kashassa" e tentando aprender uma certa dança da boquinha da garrafa, ao som de uma música cuja letra — "Vai ralando na boquinha da garrafa / É na boca da garrafa / Vai descendo na boquinha da garrafa / É na boca da garrafa..." — o percussambista carioca e o chef baiano se esforçavam em traduzir-lhes em inglês, já que as duas não entendiam lhufas de francês: "Go scratchin in the little mouth of the bottle, baby, go down in the little mouth of the bottle... yeah!"

As dinamarquesas logo desistiram de apreender as profundidades líricas da letra da animada canção, fosse em português ou inglês, mas roçar e descer na boquinha da garrafa, isso logo aprenderam a fazer às maravilhas e em amigável rodízio de boquinhas, cada uma com um e depois com o outro dono das pescoçudas garrafas que não negaram fogo, aliás, nas três horas da mais franca e risonha putaria que passaram juntos em Pigalle, se calhar na mesma vizinhança em que o Henry Miller fez coisas muito parecidas ou piores, quase um século antes, conforme podemos ler no seu *Trópico de Capricórnio*.

Quando Aletta voltou pro hotel, cansada de guerra, Magnus ainda não havia chegado. Melhor, ela achou. Teve tempo de tomar um banho sossegada e pranchar na cama, na moral. Em segundos era puxada prum fundo sono etílico-canábico por uma voz de garrafa bocuda a entoar os estranhos versos daquela música, na tradução em inglês: *Go scratch in the little mouth of the bottle, baby...*

Ao acordar de manhã, viu que Magnus estava em pré-coma alcoólico deitado no chão, ao lado na cama, todo vestido, sem a cueca por baixo da calça, porém, como ela constataria depois, com marcas de batom na camisa e uns hematomas no braço e no pescoço, em virtude dos prováveis chupões das vampiras de aluguel da rue St. Denis e arredores. De um bolso traseiro de seu jeans escapava o tecido de uma microcalcinha cor-de-rosa que, puxada pra fora, revelou um coração vermelho estampado na xota e a seguinte inscrição na bunda: *Souvenir de Paris.*

À noite, no avião de volta para Copenhague, o teste de farmácia que ela trazia na bolsa e usou no banheiro não deixava dúvidas: estava grávida! A margem de erro do exame era de apenas 2%. Logo cedo na segunda correria até a agência para refazer o teste diante do gerente — era com saliva agora, o teste, e não mais urina — e se habilitar a receber o prêmio ovulatório, pois tinha inequivocamente concebido durante a viagem, conforme o regulamento da promoção. Aletta passou o resto do voo literalmente nas nuvens tentando adivinhar de quem ela teria capturado o espermatozoide que a fecundou, se do moreno aprendiz de chef baiano ou do deus de ébano carioca, seus dois professores da voluptuosa dancinha da garrafa.

Se o bebê nascer escurinho, o quê que eu digo pro Magnus? — conjectura Aletta, hoje na reta final da gravidez. Seu plano é contar que se trata de um gene recessivo do qual ela não tinha como sequer suspeitar, a despeito dos rumores que corriam em sua família sobre um antepassado metido com tráfico negreiro no século XIX que havia trazido uma africana forra pra Dinamarca, com quem tivera filhos. Bom, foda-se, decretou Aletta, torcendo para ter engravidado do sambista negro. Ao menos ela terá a oportunidade de ampliar um pouquinho o monótono Caran D'Ache étnico da Dinamarca. E viva a boquinha da garrafa!

Agradecimentos

Ao Cacá Sambrana, meu editor na revista *Status*, uma flor de paciência e discernimento, sem falar nas grandes ideias que ele costuma me dar pra tema das crônicas...

Ao Nirlando Beirão, velho amigo, que me abriu as portas da coluna da *Status*...

À Mara Leal e ao André Opipari, pelo confortável teto entre araucárias, com todo o silêncio do mundo em volta, onde posso escrever em paz...

Ao Matthew Shirts, pela enorme ciência e paciência empregadas na redação da orelha deste livro, tarefa para a qual lhe dei total liberdade, desde que falasse bem de mim...

À Marta Garcia, sempre, que fingia não ver que eu escrevia estas crônicas e que elas saíam todo mês na *Status*...

Às minhas filhas Ana, Dora e Laura, porque são minhas filhas e porque eu as amo tanto... (A Laura, aliás, do alto dos seus atuais 14 anos, leu uma destas crônicas e, com indisfarçável carinha de censura, mandou: "Você escreve o que te passa pela cabeça, né, pai?" Tive que admitir que sim, que essa era justamente a ideia aqui.)

Ao velho, querido e saudoso Marcelo Kujawski, grande companheiro de copo e projetos mirabolantes nascidos dentro do copo, in memoriam...

Este livro foi impresso
pela Lis Gráfica para a
Editora Objetiva em
novembro de 2014.